Bärbel Wolfmeier wurde 1966 in Flensburg als zweites von vier Kindern geboren und verbrachte die Kindheit in der Schleswigschen Geest. Ihre Muttersprache ist Hochdeutsch, obwohl der Vater auch gern mal auf Platt plaudert. Nach ihrer Ausbildung zur Zahnmedizinischen Fachassistentin am Südermarkt blieb sie nah der Flensburger Förde, bis 1999 ein einjähriger USA-Aufenthalt folgte. Seit dem Millennium lebt sie mit Mann, Kindern und Kaninchen in Dithmarschen. Die fünffache Mutter schreibt Lyrik und Kurzprosa bzw. Slam-Texte. Sie durchstreift das Land von Sylt bis München, um Lese- und Poetry-Slam-Bühnen beben zu lassen. Veröffentlicht wurden ihre Texte bisher in vielen Anthologien, zuletzt in „Das Gedicht 25“ vom Anton G. Leitner Verlag. Ihre plattdeutschen Wurzeln grub sie nach dreißig Jahren wieder aus und kultiviert sie seitdem täglich. 2014 belegte sie den 2.Platz beim Landschreiber Literaturpreis und wurde Finalistin bei den Poetry-Slam Landesmeisterschaften in Schleswig-Holstein. Ihr erstes eigenes Buch mit dem Titel „Diekschoop in Overkneestielettosteveln“ ist 2015 erschienen.

Bärbel Wolfmeier

Laat di nich piesacken

Quickborn-Verlag

ISBN 978-3-87651-447-5

Umschlagfoto: Dirk Jacobs, Heide
Make up-Stylistin: Gina Hoesch, Kating
Umschlaggestaltung: Günter Pump, Nordhastedt
Gesamtherstellung: CPI books GmbH, Leck
Der Umwelt zuliebe
auf chlorfrei gebleichtem Papier gedruckt
Printed in Germany

Inhalt

Över de Kerls

Över de Familie

Över Bärbel

Över de Heimat

Noorddüütsche Coolness

Sommer sofort, du. Dat heff ik mi gönnt un bün mal rut ut dat Gries in Grau.
Grau. Dat eenzig Synonym för dat kole Halfjohr bi uns to Huus. Söss Maanden grau. Dor hölpt ok keen Klooksnack as: Dat gifft keen slecht Wedder, dat gifft blots slechte Kledaasch. Tüdelkraam! Dat gifft slecht Wedder un slecht Wedder maakt slechte Luun. Dorüm kriggt wi jo ok in Noorddüütschland de Tähnen nich utenanner, wiel wi de so dull tosamenbieten mööt. Openanner pressen – wegen de Küll. Vun wegen „Norddeutsche Coolness". Wi sünd nich cool. Wi freert blots! Söss Maanden in't Johr freert wi. Un denn klappt dat ok mit dat Lachen nich, wenn een de Tähnen tosamenbitt. Jümmers tosamenbieten. Dag un Nacht. Wat glöövst du woll, wo vele Lüüd en Opbietschien vun'n Tähndokter bruukt, wiel de so afreven sünd. En Barg Lüüd. Dat kann ik di seggen! Dat kummt vun't vele Schietwetter. Vun't Tähnklappernunopenannerbieten. Maak

dat mal! Biet de Tähn tosamen un denn: Grienen! Dat süht nich goot ut. Dat süht irre ut! Dorüm lacht wi Noorddüütschen so wenig.
Un dorüm bün ik ok in'n Süden, du. Söss Maanden Gries in Grau. Dat hett mi langt. Twee Daag heff ik nix anners maakt as in de Sünn to liggen. So as en Eidechs. De kann sik ok eerst rögen, wenn de Sünn ehr opwarmt hett. So leeg ik dor. Twee Daag as en Eidechs – mit rode Töhnnagels. Un as ik mi wedder rögen kunn un de Bieter utenanner kreeg, dor heff ik mit slechte Kledaasch ok keen Problem mehr hatt – wiel … denn bruukst du keen Kledaasch mehr – bi 30 Grad in'n Schadden. Hööchst en Bikini. Allens maakst du in Bikini: Lesen, Lopen, över de dösigen Touris aflästern. Un dat, du … dat finn ik denn wedder sowat vun cool – meist so cool as mien Heimat: Noorddüütschland.

Wat is Heimat

Wat is Heimat för di, fraagst du - un ik mutt kort överleggen.
Wat is Heimat – jo wat kann dat ween för een, de in't Spitaal boren is?
De sien Vadder dat eerst mal dör en Schiev

sehn hett un Mudder blots, wenn Fudder-Tiet weer?
Dor büst jo nich lang bleven, seggst du. Jo. Dat is wohr. Denn keem ik na Huus. Aver dor sünd wi ok wegtrocken, as ik veer oder fief Johr oolt weer. Un ik weet nich mehr veel dorvun, blots dat ik trurig weer, dat wi weg müssen un mien Vadder jümmers wedder fraagt heff: Worüm treckt wi denn weg? Worüm köönt wi nich hier blieven?
Villicht is Heimat de School, in de ik gahn bün, de Blomen, de ik för mien Mudder op den Weg plückt heff. De Höker, wo ik jedeen Dag vörbi keem, de Barg, de ik mit mien Fohrrad hoochfohrt bün – na mien Fründin hen. Aver gifft dat nich Blomen un Höker un Bargen un Frünnen op de hele Welt? Un de Weeg vun domals seht hüüt heel anners ut, un de Hüüs. Un den Höker gifft dat ok nich mehr!
Wenn dat Heimat is, denn warrt se gauer oolt as ik.

Wat is Heimat för di, fragst du – un ik mutt kort överlegen.
Wat is Heimat – jo wat kann dat ween för een, de nich lang is an de glieke Steed? De keen Breven nich schrifft, sünnern Emails un surft in‘t Internet – vun hier na Neuseeland in 3

Sekunnen? De ehr Klassenkameraden toletzt för 35 Johren sehn hett un de an't Huus vun ehr Oma eenfach vörbi fohrt, wo se as Kind jedeen Dag inkeken hett, denn … dor wahnt de Oma al lang nich mehr.
Wo de Möven schrien, hell in Stormgebruus (as dat in't Fresenleed heet)?
Man, Möven un Wind gifft dat ok annerswo! Gifft dat to'n Bispill ok in de USA, an'n Golf vun Mexico. Dor heff ik wahnt un heff Möven satt hatt un Wind un Wellen un Frünnen un Pelikane! Un nix hett mi fehlt! Gor nix!

Tööv mal … doch. Dor hett mi wat fehlt:
Uns „Moin" un uns Swartbroot.

Moin

Büst du nich hier boren, sünnern so en armen Stackel, de man blots totrocken is … un dat noch eerst jüst? Denn sparr mal gau dien Ohren op!
Wullst du in'n Noorden mit de Lüüd goot torecht kamen, du, denn is eens dorbi ganz wichtig: Dat richtige Begröten! Un dor kummst an dat „Moin" ja nich an vörbi. Ok wenn du dat nich begriepen deist, dat Moin-Seggen. Of

nu morgens, middags, un ok bi Middernacht … Piepschietegal! Moin mutt!
Mien Fründin, du, een ut Berlin de nu in Dithmarschen hangenbleven is, de heff ik dat jüst ok verkloort – Moin geiht jümmers! Un wenn een Moin to di seggt, denn anterst du mit „Moin Moin“ oder mit „Mohoin“. Also du maakst dat dubbelt. De ganz Fulen treckt dat ok blots lang un seggt “Moooooiiiiiin“.
Wichtig is, dat du dat nich so ahn Saft un Knööv seggst, sünnern mit Kawumm. Een, de Moin seggt, de will di nich blots en goden Dag wünschen, ne, de will meist ok „Hallo“ seggen. Also in‘n Sinn vun: „Hallo, nu kaam ik! Ik bün dor – nehm mi wohr. Snack wat!“
So en scheneerlich lüttes „moin“ kummt gor nich goot! Ne, ne. Üm vernünftig „Moin“ to seggen, dor bruukt een Egenweertsinn to. Dat mutt ploppen, so as uns Beer. Aver charmant musst du dorbi ok blieven. Kaam dor man blots nich röver as en arroganten Moors. Du, dat is as bi ‘t Hannenschüddeln:
Nich to sacht, nich to dull, nich to fuchtig.
Ganz normal even.
So warrt „Moin“ seggt!

Is dat Platt?

Kennst düsse Tests in de Illustreerten?
Wat sünd diene Stärken?
Wo hooch is dien IQ?
Wo goot kennst dienen Kerl?
Dorbi kannst du Punkten sammeln un denn kümmt de Oplösen op de letzte Siet.
Ik maak bi düsse Tests normalerwies nich mit. Aver denn heff ik en Test in't Internet funnen, dor kunn ik denn doch nich de Finger vun laten.
„Sprechen Sie platt?“ hebbt se dor fraagt un dat mutt ik nu ja echt mal weten, versteiht sik. De eerst Fraag weer eenfach: Wat sünd „de Lütten“?
Aver denn keem dor ok Wöör vör as: „Bölkwater“ un „Tohuussiet“. Wat bidde is en Tohuussiet? Dat finnst bestimmt nich in keen Wöörbook. Ik heff nakeken, bi Sass (so en Plattdüütsch-Hoochdüütsch Nakiekwark mit över 9000 Wöör): Ne, keen „Tohuussiet“. Dat weer denn de „Homepage“, hett de Internettest meent. Man, dat is doch so 'n Jugendplatt. So as „Ackersnacker“. „Ackersnacker“ gifft dat ok nich bi Sass. Aver Poggen. Jo. Un dat heff ik wusst, dat „Pogg“ en Frosch is un „Poggen“ sünd denn jo Frösche. Aver bi Bölkwater heff ik

vull afloost. Dor heff ik dacht, dat is Beer. Schall aver Limo ween. Naja. Dor kannst di jo um kloppen, wat echt Plattdüütsch is un wat nich. Un of wi nich mal so en Jugendwöörbook för Platt bruken köönt, heff ik mi denn fraagt, as dat för Hoochdüütsch ja al lang geven deit.
Eenst hett mi en Kerl fraagt, wat „Konservierungsstoffe" woll op Platt heet. Na? Weetst du dat? Ik heff dat nich wusst. Kann ik dorüm keen Platt nich? „Över-de-Tiedenholers", hett he antert.
Haha, lustig. Ja … un nu fraag ik di: Is dat noch Platt oder kann dat weg?

I hätt gern a Brezn

In Bayern kannst in en Bäckerie gahn un seggen: „I hätt gern a Brezn." Un denn kriegst du ok en. Dor warrst nich komisch ankeken, dat du nich Hochdüütsch snacken deist.
Na kloor. Bajuwarisch versteiht jedeen. Sogor wi Noordlichter. Dat is Umgangsspraak. Ik glööv, du kannst sogor in't australsche Outback bi de Aborigenees „a Brezn" verlangen un de Lüüd verstaht di. Aver gah man in en Bäckerie in Noorddüütschland un segg: „Ik schall en Koken hebben." Wat meenst, wat

denn passeert. Ik heff dat utprobeert in uns Dithmarscher Kreisstadt. In Heid. De Heimat vun Klaus Groth – den groten Heimatdichter, den plattdüütschen Goethe. De, de schreven hett: *Mien Moderspraak, wat klingst du schöön! Wat büst du mi vertruut.* Sien överdimensionalen Kopp ut Stahl steiht op den Bahnhoff un kiekt na Heid hen.

Ik keem also in de Bäckerie un de Verköper, en Keerl so vun um un bi 25 Johren, fraagt:
„Was darf es sein?"
„Ik schall en Koken hebben. Düssen dor. De süht goot ut. Wat kost de?
„Wie bitte?"
„K o k e n."
„Ich verstehe nicht. Was möchten Sie?"
„Kuchen. Den dort."
„Ach so. Sonst noch was?"
„Ne. Danke. Doch. I hätt gern a Brezn."
„Ja. Sehr gern. Eine Brezel mit oder ohne Salz?"

Do weer mi mit en Slag kloor: Snackst du Platt, büst en Exot. Sogor in't egen Land. Dor hölpt ok nich, dat de Spraak in de europääsch Spraken-Charta as Regionalspraak indragen un Kulturgoot is. Dat höört sik för mi stark na Museum an. Man, wo Swartbroot un Rosinen-

stuten verköfft warrt, dor mutt doch ok platt snackt warrn. Oder?
Man goot, Klaus Groth sien metallen Kopp dor buten hett keen Ohren nich un he kunn nich hören, dat een in sien Heimatstadt noch nich mal en Koken köpen kann. Dorför aver „a Brezn“.

Snuteln ahn Anfaten

„Küssen kann man nicht alleine“, heet en Leed vun Max Raabe. Un dor hett he recht mit, is wohrhaftig en beten wat vigeliensch, dat sülvst to maken. Gifft aver ok anner Saken, de alleen nich so prickeln. Plattdüütsch snacken to‘n Bispill kannst ok nich goot alleen. Jo, geiht woll, wenn een Spaaß doran hett, mit sik sülvst … to snacken …
Aver is nipp un nau as bi dat Snuteln. Maakt ja veel mehr Spaaß, wenn en anner di küsst.
Denn is jo ok de Spannung veel grötter. Wiel, wenn du mit di sülvst snackst, denn weetst du jo ok al, wat dor rutkümmt, ehr dat du överhaupt dat Muul opmaken deist!
Also, dormit ik nich mit mi sülvst Plattdüütsch snacken mutt, fang ik männichmal eenfach mit frömme Lüüd an, Platt to snacken:
Frie nach Klaus Groth denk ik bi mi: „De

Bärbel, dat Aas, de maakt sik en Spaaß.“ Un denn do ik so, as weer Plattdüütsch bi uns in Heid noch Alldagsspraak. Wat schöön!
„Waschen, farven, snieden, bidde.“, segg ik also, as ik bi‘n Hoorsnieder rinkamen do.
De junge swatthoorig Fru achter de Anmellen kiekt mi an, as weer ik en Butenlanner! Dorbi is se dat, de en poolsch Akzent hett. Na en poor Sätz gifft se op … un mi an en anner Frisöös wieder.
„Nu eerst recht, dat kann lustig warrn“, freu ik mi un bliev dorbi, snack de hele Tiet Platt.
Düsse Deern versteiht, wat ik segg, antert aver in hoochdüütsch. Geiht ok. Maakt Spaaß. Wi kaamt torecht. Is jümmers noch beter, as sik sülvst to küss … äh, mit sik sülvst Platt to snacken. Denn Snacken … un besünners Plattsnacken … dat kann jüst so schöön ween as Snuteln … man, ahn Anfaten.

Heimat is en stevig Meierieprodukt

Dat Heimatdichten, du, is reinweg ööd.
Ik schriev blots Poesie – man, doch keen
  Slager!
Mit Heimat maak ik nix, is mi to blööd
ik warr al bi‘n Versöken to‘n Versager,

en Strophe över ‘t Vaderland to riemeln.
Will Lyrik schrieven, man dat warrt blots
Stuss.
Ik sitt un un krieg noch Folden vun dat
Miemeln.
Nu hau ik in‘n Sack. Vörbi. Un Sluss!

Denn swulstig sabbeln jümmers to un to
vun düssen eenzig wunnerschönen Oort,
üm den Gedanken kreisen – is een foort –

kann ik nich mehr verknusen, ole Swede!
Mi jöökt de Fuust, wenn ik vun Heimweh lees,
un schriev so wat ok nich. Heimat is Kees!

Över de Sellschop

Laat di nich piesacken

Ik weet jo nich, of ji dat mitkregen hebbt, aver bi Pisa weer dat för Düütschland nich so dull, düt Johr.
"Der erste Schritt muss sein, der Bekämpfung extrem schwacher Schulleistungen Priorität einzuräumen“, heff ik dorto lest. Pisa. Pah. Pustekoken!
De eerste Schritt mutt ween, dat dat Lernklima gesund is. Keen Kind, dat piesackt warrt, kann bi Pisa brilleren. Dat heff ik sülvst beleevt, leve Herren Klooksnackers!

Low-Performers nöömt se de Kinner, de nix op de Reeg kriegt. Wat maakst nu mit so en Low-Performer, dormit en High-Performer dorbi rutsuert? Ik heff bi School nafraagt, wat wi maken köönt, dormit dat Piesacken för mien Kind ophöört.
„Angstfreies Lernen ist wichtig. Doch mangelnde Sozialkompetenz muss erst erlernt werden. Ist wie bei der Rechtschreibung“, hebbt se

to mi seggt, „Bis dahin schlägt und tritt das Kind.“
„Jo, aver dat haut un pedd mien Söhn … un dat jümmerto“, heff ik antert un geev wieder to bedenken, „Dat gifft doch en Ünnerscheed wenn een nich richtig schrieven kann un wenn een nich verdreeglich is! Dat eerste is nämlich blots dat Problem vun een alleen. Dat anner en Problem för all.
„Der erste Schritt muss sein“… De Politiker snackt vun Lopen! Man, woans schall de Sellschop Schritte maken, wenn vele noch nich mal krabbeln köönt, wat dat „Sozialverhalten“ anlangt???!!

„Oben ohne“

Stell di vör, du hest Urlaub. Kann passeeren, nä? Also. Du hest Urlaub, de Sünn schient un du löppst dör de Binnenstadt vun en Touristenmetropool. Un jeedeen, de an di vörbi löppt, starrt di an. Wenn dat so is, denn büst du entweder Shakira oder aver en Hunnerttwintigkilo-Keerl … baven ahn wat.
Shakira sünd ja de meisten Lüüd nu nich, aver so Baven-ahn-wat-Kerls – dor gifft dat velen vun. Besünners in‘n Sommer. Besünners in‘n

Urlaub. Jüst wenn een mal endlich afspannen un sik de schöne Natur bekieken will, un wahrschienlich ok fotograferen … denn löppt so en Buddah-Buuk-Keerl över 'n Weg un in de Lins. Worüm maakt de Keerls dat? Ik will dat geern verstahn, ehrlich!

„Oben Ohne“ an'n Strand is o.k. Dor kaam ik mit kloor. Dor kann ik mi psychisch op instellen. Aver in de Stadt? Wat schall dat? Hett dat Hemd nich mehr in'n Koffer passt? Tennissöcken: Ja. Sandalen: Ja. Goldkeed: Ja. Aver Hemd? Ne. Hett nich mehr rinpasst. Anners mutt de Goldkeed ja tohuus blieven.

Du, ik finn, dat mutt mal seggt warrn. Dat gifft doch woll noch „not to do's“, also Saken, de een nich vör all Lüüd deit. So as:

1. In de Nees pulen
2. Op den Börgerstieg rotzen
3. In de Stadt mit „Oben Ohne“

Man villicht bün ik ja ok blots en beten fienföhlig. So as de Nichsmökers. Ok fienföhlig. Aver dor hebbt wi ja en Kompromiss funnen. Gifft ja so Steden för Smökers. To'n Bispill op 'n Bahnhoff. So geel markeerte „Raucherbereiche“. Kööntwi dat nich ok för de Lüüd ahn Hemd maken? Also wenn een sien Hemd uttrecken will, denn stellt he sik eenfach in en „Oben-Ohne-Platz“, un wenn he noog nackig weer, treckt he sik wedder an un geiht mit „Oben an“ wieder. Bit dorhen koop ik mi en Sünnenbrill, du … so en ganz swarte, domit keeneen markt, wo ik so henkiek wenn ik dör de Stadt bummeln do.

De niegen Olen

Oolt sien is „in“. Hest dat noch nich wusst? De niegen Olen sitt nich in en Seniorenhuus un stricht Strümp, sünnern maakt Yoga un traineert för den Triathlon. Männicheen Daddi warrt sogor noch mal *Daddy.* Un sülvst Udo Jürgens hett jo sungen: „Mit 66 Jahren, da fängt das Leben an.“
Wenn dat so is, denn heff ik noch goot 14 Johr na, bit mien Leven eerst so richtig anfangen deit. Man, ik bün dor skeptisch.
Wenn dat Ooltsien so super is, worüm gifft dat denn noch keen Tabletten dorför? Gifft doch sünst för allens Tabletten: För ‘t Slankwarrn, gegen Folden, för de Potenz … aver för dat Öllerwarrn? Stell di mal *dat* Warven för:

Nu gifft dat dat niege OOLDFAST!
Hebbt se dat satt, jünger uttosehn, as se würklich sünd?

Möögt se Insicht un Kompetenz utstrahlen?
Wüllt ok se, dat ehr Vergeten endlich ehr Öller toschreven warrt?
Denn koopt se nu OOLDFAST!
OOLDFAST wöör al düchtig utprobeert an Hexen, Bessens, Stinksteveln un Döösbaddels.
Denn blots de ole Hex kümmt in't Määrkenland un ole Bessens kehrt beter.
Mit OOLDFAST warrt se in dree Weken bit to teihn Johr öller – garanteert!
OOLDFAST – dormit morgen ok een to di seggen kann: „Man, sühst du oolt ut!"
(To dat, wat riskant is un wat nevenbi so ansleit, fraagt Se ehren Dokter oder Bestatter).

Düsse Warven hest du noch nie nich hööört? Ik ok nich. Un so lang dat düsse Tabletten nich geven deit, glööv ik ok nich an „la dolce *oolsche* Vita" af 66.

Pottkieker

Eten höllt Lief un Seel tosamen. Ähhh. Ne. De Spröök is överhaalt. Eten is middewiel keen Spaaß nich mehr, sünnern bitter Eernst. Wat hebbt wi nich al allens beleevt un överleevt: EHEC in Gurken, Hormone un Antibiotika in

Fleesch, Glykol in Wien un Wörm in Fisch. Nu ganz nieg: Glyphosat in Beer. Dat warrt doch echt Tiet, de Drinkspröken to ännern. Statt „Wohl bekomms“ kunn een seggen: „Schlecht ergehs“ oder „Krebs erzeugs“.

Aver dat is nich allens. Wi mööt so dull oppassen, wat wi uns nich slecht nähren doot, bi de Nährmiddellindustrie un de Fastfoodkeden! Un nu mööt wi uns ok noch politisch korrekt nähren? Dor hett uns Landsregeren annerletzt doch opföddert, sik dorför intosetten, „dass Schweinefleisch auch weiterhin im Nahrungsmittelangebot sowohl öffentlicher Kantinen als auch in Kitas und Schulen erhalten bleibt.“

Jou! Wat för en Problem! Swien oder nich Swien. Dat is de Fraag. Un düsse Fraag is to swoor, as dat en Kantinenkock op ehr antern kunn. De warrt seker noch to en Chefsaak maakt!

Un denn heet dat villicht bald överall:

In Düütschland kulturelle Plicht
Is Swien to eten, ...oder nich?

So, un denn is af sofort Dingsdag wedder Kantinen-Swiensdag. Bäm. Un för religiöse Minnerheiten köönt se ja Swienjack anbeden. Aver de is ok nich halal, oder?

Man, ik glööv jo nich, dat dat Swien to kort

kümmt, in düütsche Köken. Aver wenn doch, dat Deert dee sik seker freuen.
... Un de Politikers ... hebbt de echt nix anners to doon as uns in Pott to kieken? Man keen Bang nich, wi laat uns vun keeneen de Wust vun't Broot nehmen. Oder dat Swien vun'n Teller. So. Kiek. Tiet löppt. Nu is glieks wedder Middag. Un? Wat gifft dat bi jüm?
MahlTiet!

Frische Melk vun't Land

Mien Kaffee drink ik mit Melk aver ahn Zucker. Also haal ik de Biomelk ut 't Köhlschapp un do mi dor en beten wat vun in de brune Bröh.
Un wiel ik nix Beters to doon heff, lees ik, wat op de Melktüüt steiht: „Frische Milch vom Land".
Dat harr ik mal beter nalaten. Denn nu verwunner ik mi. Jo, ik reeg mi sogor op:
Woso schrievt se „Frische Milch vom Land", fraag ik mi. Wiel dat se bio is? Is anner Lüüd ehr Melk nich frisch un nich vun 't Land? Harr blots noch fehlt, dat dor steiht: „Frische Milch aus dem warmen Euter von glücklichen Landkühen!"
Een Wort hett langt: „Biomilch"! Oder hööchst

noch „Biovollmilch“, denn weet ik Bescheed! Aver den dorigen Roman op de Tüüt to schrieven … wat för en dumm Tüüch! Dat weet jo woll jeedeen, dat Melk vun ‘t Land is un nich ut de Stadt – of de nu bio is oder nich –, oder heff ik dor wat verpasst un dat gifft in de Stadt nu ok grote Köhställ? Un woso mööt se schrieven, dat de Melk „frisch“ is? Dat hööрt sik, dat de Melk frisch is, oder gifft dat ok konträr dorto anner Melk? Gammelige? Wenn dat mal sowiet is, denn dörvt se vun mi ut ok op de Tüüt schrieven: „Verdorbene Milch aus der Stadt“ und denn maakt dat för mi Sinn, dat se de frische Melk vun‘t Dörp so deklareert, as se dat nu al maakt, op de Biomelk.
Man, man. Denkt de, wi sünd blööd oder mööt se blots de Melktüüt vull schrieven, dat dor jichtenswat op steiht? Wenn se en fantasievull Tüüt wüllt mit Informatschonen, de Sinn maakt, denn schüllt se mal lever de Köh an dat Design laten. De köönt dat wiss beter.

Mottoparties

Party, Party!
Weerst du al op en Bad-Taste- oder op en Rubix-Party? Bi de Bad-Taste-Party treckst an,

wat normal total grusig utsüht (man, männich Lüüd fallt dat nich swoor– de loopt sounso jümmers so rüm) un bi de Rubix-Party dörvst du blots de Farven dregen, de du fröher op ‘n Schoolhoff ok nich op de Reeg kregen hest. Dramaatsch, nä?

Man, Party funkschoneert jo ok as „Verkaufsstrategie“.

Wenn wat langwielig klingt, denn hangst eenfach dat Wort „Party“ dor achter. Dat funkschoneert bi Tupper, Magnetsmuck, Slüpper. Also dat nöömt se denn nich Slüpperparty, sünnern Dessousparty – höört sik beter an. Is aver dorüm keen Victoria-Secrets-Loopsteeg, blots wiel dat so klingen deit. Dat is denn meist so en Sülverbruut mit Hüftgold, de denn Ünnerwäsch för de HochTietsnacht köfft.

Naja … Kannst jo meist ut allens en Party maken.

Dat hebbt sik mien Öllern ok dacht, denn mien Öllern, du, de fallt nich mit de Döör in‘t Huus. De seggt ok nich:“ Du hest aver en dicken Moors kregen“, de seggt „Büst en beten vullslank worrn, nä? Steiht di.“ Un dorüm hebbt se uns Kinner nu ok to en Unkruutparty inlaadt! Dat höört sik denn nich so na Arbeit an. Wow … äh … ik bün noch an‘t Överleggen, of ik tosegg. O.k … Grillen un Freebeer is dorbi.

Denn hett dat üm teihn Ecken jo doch wat mit Party to doon.
Du, vun mien Öllern, dor kann ik noch wat lehren. Ik warr mi ok mal so en poor Mottoparties utklamüstern …
Wo weer dat to'n Bispeel mit en Windowwiping-Party. Oder en Moove-Party … denn kannst bi mi de Finstern putzen oder mien Dochter bi'n Ümtog hölpen. Oder … ok schöön … en Buddelparty – jeedeen bringt sien egen Schüffel mit un denn gaht wi bi un buddeln tosamen 100 Meter Drainageschacht dörch mien Rasen …
Also, dat nööm ik denn mal so en echte Bad-Taste-Party, oder villicht sogor: What-A-Waste-Party?
Nüttjanix. Party on!

Doot blieven is ok nich eenfach

As ik lütt weer, hett mien Grootmudder mi fraagt, of ik denn ok ehr Graff op 'n Karkhoff plegen do, wenn se mal nich mehr is.
„Ne, Oma", heff ik antert. As lütte Deern wull ik dor nich an denken, dat se mal starven kunn. Aver dat is denn ja doch passeert. Man, ik pleeg ehr Graff liekers nich. Ik wahn nu ok

ganz wo anners – un ik bün froh, dat ik nix verspraken heff – wat ik nu nich holen kann.
Dat Dootblieven warrt jo jümmers komplizeerter. De Familie wahnt nich mehr tosamen – dree Generatschonen ünner een Dack … un so Graffpleeg kopen för 30 Johr, dat kriggst ok nich för en Appel un en Ei.
Tomeist laat sik de Sleswig-Holsteener vundaag verbrennen. Middewiel al 70%. Aver wohen mit de Asch? De Urne mutt denn jo liekers op 'n Karkhoff. Un denn hest dat Pleegproblem wedder an de Hacken. Oder geihst op en Friedwoold. Dor dörv sogor dien Fiffi di besöken un kann dien Boom watern. Is allens Natur.
Bi uns in den „Echten Norden" kannst ok in't Water dien letzt Roh finnen. To'n Bispill vör Helgoland. Dat is denn jüst so biologisch, denn de Urne, du, de is ut Spezialmaterial. De lööst sik in't Water kumplett op. Blomen köönt se di noch achterna smieten, aver keen Teddy oder Fotos – vunwegen de Umwelt. Man du schuckelst denn meist 7 Stunnen op den Ozean – wat di jo egal is, wenn du doot büst, aver för de seekranke Bagaasch is dat nix. Denn geiht de hele Kram vun Fellversupen glieks wedder över de Reling. Man dat is nich so böös, denn dat schaad jo de Umwelt nich.

Vele Lüüd hebbt noch en anner Idee. De wüllt de Urne opleevst tohuus op 'n Kaminsims stellen. Man dat is na dat Gesett in Sleswig-Holsteen noch nich verlöövt. Denn wat, wenn se dor bi'n Fröhjohrsreinmaken daalfallt un twei geiht de Urne … un Oma liggt in twee Meter verdeelt op den witten Teppich? Dörv een denn den Huulbessen halen un de Oolsch opsugen?
Weetst wat? Doot blieven is en Stück Arbeit, du! Ik glööv, ik schuuv dat noch en beten wat rut.

Dank di schöön, Halloween

Jeedeen Tiet hett sien Fest. Nu kummt wedder Halloween.
Ik bün dor nich för … nö … un dorum heff ik ok al een Johr veel Spaaß dorbi hatt, stunnenlang vun uns Huusdöör un Muerwark Eier, Tähnpasta un Seep aftoschrubben. Dor heff ik denn so bi mi dacht: Dank di schöön, Halloween!

De leven Lütten, du … de mööt ja wat vörhebben un bit Wiehnachten is ja noch wat Tiet. Elennig Langewiel!

Ik heff mit en Bekannte över Halloween snackt un se hett sik wunnert, dat bi ehr gor keen Kinner mehr an de Döör pingeln doot … un se hett mi fraagt, of dat överhaupt noch fiert warrt.
Ha! Warrt jeedeen Johr asiger, heff ik jo dat Geföhl. Aver mi hett denn doch interesseert, wo se dat henkriegen deit, dat se ehr Roh hett un heff fraagt:" Wat hest du denn de Kinner in de Tüüt daan?"
„Vörvörig Johr heff ik dacht, ik kööp wat anners in as Naschkraam … denn dat is ja ok nich so goot, de hele söte Schiet. Dorüm geev dat bi mi lütte Tähnpastatuben. Un letzt Johr wull ik dat wedder so maken, aver dor is keeneen mehr kamen. Meenst du dat leeg an de Tähnpasta?"
„Äh … jo! Mag ween", heff ik antert.
Un wenn ik so doröver spekuleer …du … villicht weer dat sogor ehr Tähnpasta, de de Kinner an mien Döör un Muer smeert hebbt. Kann angahn, oder?
Na, ik weet nich so recht, of ik de Idee mit de Tähnpasta goot oder slecht finnen schall.
Villicht heff ik denn jo ok mien Roh, wenn ik so wat verdeelen do … villicht freut sik de Gören aver ok över de gratis Munitschoon.

Blots keen Vörwiehnachtsstress

För vele Lüüd is dat ja de schönste Tiet. Wiehnachten.
Smücken. Backen. Schenken. Freten.
Aver dat is verdammig swoor, denn nich dorbi in Stress to kamen. Un ik luer ja jümmers noch dor op, dat een mal en Book doröver schrieven deit, so en „Weihnachts-Coach – Stressfrei durch die schönsten Tage". Op't best vun en Promi … mientwegen Boris Becker oder so vertellt wat he mit sien Patchworkfamilie jümmers för schöne Wiehnachten hett un dat sik all sien Exes un Kinner soooo goot verdreegt un denn noch mit de leckersten Backrezepte vun sien Oma. Un denn sitt he op dat rode Sofa un stellt sien Bestseller vör. Jo. Dorop luer ik.
Man, bit dat so wiet is un Boris den Kugelschriever swingen deit, höör ik mi de Tipps vun uns Patienten ut de Tähntreckerpraxis an. Een, de bi en Höker as Verköpersche arbeiden deit, hett mi vertellt, dat woll in de Vörwiehnachts-Tiet jümmers vele Keerls so bannig verbiestert dör den Höker tapst, mit en Zeddel in de Hand. De jachtert dör de Gäng un söökt … un söökt … un söökt. Man jichtenswann na twee Stünnen oder so, hebbt se de Nääs vull un

keen Lust mehr un denn endlich fraagt se de Verköpersche: „Sagen Sie bitte, wo steht denn bei Ihnen das *Hirschhornsalz*?"
Se grient denn bit an de Backen, wiel se nipp un nau weet, dat de Fruunslüüd ehr Keerls to'n Hirschhoornsoltköpen losschickt, dormit se mal en lütt beten Roh tohuus hebbt, wenn se de gode Stuuv smücken wüllt, oder backen – un de Keerls dorbi meist blots rümstaht un stöört.
Kinner loswarrn, dat is eenfach. Aver den Keerl mal för twee Stünnen loswarrn, dor mutt een plietsch för ween. Also mark di dat! Hirschhoornsolt!
Un villicht steiht düsse Tipp jo ok in Boris sien niegen Bestseller: *Barbara ließ mich in der Vorweihnachtszeit regelmäßig das Hirschhornsalz besorgen. Und ich weiß bis heute nicht, warum. Das verdammte Zeug stand im Supermarkt nie an derselben Stelle. Wie habe ich das gehasst! Aber was tut man nicht alles um des lieben Friedens willen in der Weihnachtszeit!*

Perfektschonisten sünd Bangbüxen

Perfektschonisten sünd jo egentlich Bangbüxen. De schuut sik, spontan wat to beslüten. Ut den Buuk rut … geiht dor gor nix. Jo! De bruukt to‘n Bispill en Wekenspiesplaan – so as in de Kantien. Maandag Kortüffelpuffer un Dingsdag is Swiensdag, oder so. Un de gaht jümmers in datsülvige Restaurant un bestellt dor ok jümmers datsülvige Eten. Wiel – denn is dat jo wiss, dat dat ok smecken deit. Un de bruukt en List, wat se för den Urlaub in den Koffer packt. Un wenn denn doch wat fehlt, denn kriegt se glieks en Hartinfarkt, statts dat se mal seggt: „Pah! Pillepalle!“ Echt, mal. So en beten Chaos is gesund. Dat föddert de Kreativität, finn ik. Denn musst du för en Situatschoon ahn Utweg even doch en Utweg finnen. Dat is spannend. Denn warrt di hitt, du, sülvst wenn du vör en Köhlschapp steihst, dat apen is: Denn nehmt wi mal an, de Familie hett Hunger, man dor is blots noch een Stück Kees un twee Eier in‘t Köhlschapp. Wat för en Krimi! Denn fangt mien Bregen an to rötern, du. Dat maakt Spaaß. Also, *mi* maakt dat Spaaß. Mien Fründin Anne nich. För ehr is dat de pure Stress. Dorüm hett se nich blots en Wekenspiesplan, se hett sogar so en modernes Köhlschapp, de op en Display wiesen deit, wat allens leddig is un een denn inköpen mutt. Un in‘n Urlaub, du, dor hett se nich blots en Kofferpackplaan, se hett en Plaan för jeedeen un allens: Een smitt an‘n Morgen de Wasch-

maschien an, un de anner schall wieldess al mal Kaffe kaken oder so. Dormit de Tiet „effektiv“ bruukt warrt. Boah, dat stresst mi denn wedder total un ik segg: „Anne“, segg ik, „du Anne, maak di doch mal locker. Laat dat doch eenfach eenmal so lopen as dat will!“
„Ne“, seggt se denn, „ne, lopen as dat will, laat ik dat blots bi »Tante Meier«.“

13. August – Weltlinkshännerdag

Aristoteles, Isaac Newton, Charles Darwin, Marie Curie, Albert Einstein, Bill Gates, Alexander der Große, Johanna von Orleans, Mahatma Ghandi, Winston Churchill, Leonardo Da Vinci, Pablo Picasso, Charlie Chaplin, Wolfgang Amadeus Mozart, Mark Twain, Lionel Messi. Napoleon Bonaparte, Jack the Ripper.

All Linkshänner, seggt dat Internet. Un hüüt is ehr Dag, leve Linkshänner. Jo … Weltlinkshännerdag. Un büst du en Linkshänner, denn büst du wohrschienlich ok en Linksfooter. Un de Seggwies: „Mit den falschen Foot opstahn“ de stimmt denn jo ok nich bi di. Du, ik heff mi mal klook maakt … un dat is bannig interessant, wat dat doröver to lesen gifft: 10% vun de Lüüd sünd Linkshänner; 20% vun de Linkshänner sünd schizophren; Linkshänner hebbt weniger Malöör mit Sweren un Arthritis; Se lehrt fröher dat Snacken; Mathe begriept se ok fröher. Se warrt gau gallig oder bang. Man se sünd ok düchtige Strieder. Andeelig gifft dat mehr Suupköpp bi de Linkhänner.

Man, du weetst jo wat över Statistiken seggt warrt: Glööv blots de Statistik, de du sülvst manipuleert hest. Also allens nich so för vull nehmen!

Fröher hebbt de Linkshänner dat swoor hatt. Do hebbt se sik dat afwennen müsst un hebbt trainieren müsst, allens rechterhand to maken. Dat weer jo aver ok en Quäälkraam. Ronald Reagan to'n Bispill schall dat so beleevt hebben. Vundaag mutt dat keeneen mehr. Un för Linkshänner is dorüm veel utklamüstert worrn. Dat gifft Scheren, Bleesticken un Füller, Kaffeebeker … jo sogor en Potthandschoh vun Tupper för Linkshänner.

Un bi de Känguruhs, du, dor sünd jo meist all Deerten Linkshänner. Aver of se dorüm ok all linkerfoot toeerst ut den Büdel krabbelt, oder wo stark ehr Alkoholkonsum is, dor gifft dat

noch keen Statistik vun. Un mi wörr jo ok mal interesseeren, woveel Perzent vun de Statistiker schizophren sünd.
Aver dat blots so nevenbi …
Na, denn …
Happy Lefthandersday!

Soziale Allergie

Minschen mit Allergie kööont een Leed doon. Mien Söhn, du, de hett en Graspollenallergie. He hett in'n Juni/Juli dörchweg answollen Ogen un wenn he in en Verkehrskontrull kümmt, denn mutt he jümmers in dat lütt Rohr puusten, wiel he so besapen utsüht.
Dat nimmt jo överhand, mit all de Allergien. Huusstoffmilben un Schimmelpilzsporen sünd as Utlösers bekannt. Hest du aver wusst, dat ok Lippenstick un Nagellack en Allergie utlösen kööont? Gifft sogor Lüüd, de gegen Wien, Sabbel oder Sperma allergisch sünd.
Du, un denn gifft dat ok de „soziale Allergie". Dat is, wenn de Macken vun anner Lüüd een opregen doot. Also, wenn du dat Handygesabbel nich afkannst, wiel dat de Typ neven di dorbi in sien Hand bölkt as wenn dat üm Leven un Doot geiht, du … Leven un Doot, dorbi geiht dat blots

dorum of de Semp, de he för de Grillparty mitbringen schall, nu middelscharp oder extrascharp ween schall. Oder di stöört de Dischmaneren vun anner Lüüd. Oder dat se dat Moorswisch jümmer verkehrt rüm op de Roll steekt, oder noch mieser: dat Moorswisch leddig maakt un denn so mit villicht noch een Blatt över dor an hangen laat, statts dat se dat glieks gegen en niege utwesselt …

Aver of düt pieplich ween wohrhaftig en echte Allergie is? Bi en Allergie kannst jo Pillen slucken oder na'n Dokter gahn un di mit Sprütten „desensibilisieren" laten. Dat hebbt wi vörhatt mit mien Dochter, wiel se jümmers so grote Quaddeln kriegen deit, wenn en Mück ehr stickt. Aver ne, dat geiht nich, hett de Dokter seggt, wieldat keen Allergie is, sünnern en „Unverträglichkeit". Dor gifft dat keen Sprütten för, dor hölpt blots: sik nich steken laten! Un wenn dat doch passeert: köhlen, köhlen, köhlen! Sühst!

Un nu fraag ik mi, of de „soziale Allergie" gor keen Allergie nich is, sünnern egens ok en „Unverträglichkeit" vun Lüüd, de sik eenfach mit ehr Mitminschen nich verdregen köönt.

Denn kannst di nämlich den Gang na'n Dokter för de Sprütten sporen, du. Maak dat man as bi en Mückenstick: Keep cool!

Strietappelkoken

En Fründ hett mi to'n Johrswessel en Breef schreven. Un düsse Regen kemen toletzt:
"Ich umarme Dich, liebe Bärbel. Gruß an Deine Lieben.
Und erbarme Dich unser, Du kommendes Jahr."

Dat Johr hett sien Gebeed nich höört, wöör ik seggen. De Silvesteröverresten sünd noch nich allerwegens oprüümt, dor ballert dat al wedder an all de Ecken un Kanten. De Minschheit kann nich minschlich ween, so dücht mi dat – ok wenn se jüst eerst de Leev fiert hett. Na, tominnst hett de Aantenbraden schmeckt. Un de Braatappeln. Un dat Söötkraam. Neven Diäten un ümstöten Vörsätz warrt TTIP un de US-Präsidentenwahl diskereert. Över mager Tieden köönt de Nachrichtenbläääd op jeden Fall nich jammern.

Apropos Braatappeln: Wenn mien Kinner sik striedt, wiel dat dor blots noch een vun över is, knööp ik ehr de Strietappel af, un freet em sülvst. Vörnehm is dat nich, un ok autoritär. Aver so en beten Autorität mutt ween, an de rechte Steed. Un denn schallst mal kieken, wo gau se sik wedder gröön sünd – denn all ehr Brass richt sik op eens gegen mi. Man, dat geiht mi jo an'n Moors vörbi. Dat sitt ik ut.

Un nu stell di mal vör, dor is keen een mehr in de Welt. Keen Strietappeln, meen ik. Keen egen Land, dat ik verdeffenderen mutt. Keen dusend Fernsehprogramme, man blots en Flimmerkassen för de Grootfamilie in't Huus. Keen Vörfahrt. Wi sitt all tohoop un sünd an't Appelkoken backen. Wat? Dat is langwielig un du backst nich geern? Hest bavento en Appelallergie? Heff ik mi al dacht! Weer jo ok blots en Idee.

Torüch in't Hier un Nu.
Neejohr, leve Fründ. Worüm woll schall dat Johr sik barmen, wenn wi dat nich doot? Wenn wi keen Leev hebbt un keen Respekt? Denn so as dat utsüht, maakt de Minschheit düt Johr dor wieder, wo se letzt Johr ophöört hett. Man, ik mag mi dat nich mehr mit ankieken. Ik gah nu lever Appeln schellen.

Över de Keerls

Keerls mit Karohemd

Dat gifft dat wedder, du – düt Ideal vun en echten Keerl:
Kareert Hemd, Jeansbüx, Strickmütz un … Boort!
Nennt sik „Lumberjack-Look“.
Un dor kannst ok en Studeerten för ween, för düssen Lumberjack-Look. Maakt nix.
Hauptsaak du büst nich so en Spiddel – also en poor Muskeln sünd vun Vördeel. Denn süht dat nich so na Verkleden ut.
Ja, du, „back to the nature“ kümmt goot – ok wenn dat blots de Look is. Man, wi Fruunslüüd – wi tickt ja so: Wenn wi en Keerl mit en kareert Hemd seht, denn stellt wi uns för, dat so en Keerl, de en kareert Hemd driggt, ok en Boom afsagen kann. Un een, de en Boom afsagen kann, de kann uns ok vör en Boor behöden. Nu löppt de meist Lumberjack-Look-Lüüd ja nich in‘t Holt rüm, sünnern in de Stadt. Dor steiht en Boor ja nich an jede Eck.

Egal, wichtig is ja blots de Gedank: Wat weer wenn! Denn wenn ik en Keerl mit Karohemd an mien Siet heff, du, denn kann so en Boor geern achter en Lüüchtreklaam luern. Maakt nix! Bün ik nich bang vör!
Vundaag bruukt en Fru even keen kloken Keerl. Denn klook is se sülvst. Se bruukt een, de wat kann, dat se nich kann. Un dor hebbt wi dat Problem: Dat gifft nich mehr veel, wat alleen de Keerls köönt. Sülvst Politik un Scheeteree is keen Mannslüüddomään mehr. Ik segg blots: Angela Merkel un Lara Croft. OK … gifft woll keen Keerl, de ween will as Merkel. Aver Lara Croft? De is mehr „Mann" as de meisten Keerls.
En lütten Tipp: Wat de meist Fruunslüüd nich köönt is: – Boom afsagen; – Boor wegjagen.
Un kannst dat as Keerl ok nich, denn blifft di jümmers noch: De Boort.

Facebook: Pokern per PN

En unbekannten Jungkeerl fraagt um en Fründschop an.
Twee Minuten later ...
He: „Hallo"
Ik: „Hallo, niege Facebookfründ. Wo kümmt

dat, dat du en Fründschop mit mi söchst?“
He: „Weet nich. Facebook.“
Ik: „Hm. Facebook is komisch.“
He: „Wat maakst du, wo wahnst du?“
Ik: „Düt un dat. Hier un dor.“
He: „Büst du verheiraadt?“
Ik (grien): „Worüm wullt du dat weten? Söchst du en Fru oder wat?“
He: „Ne, blots so.“
Ik: „Jo, is kloor. Ne, du … laat goot ween. Ik bün al länger verheiraadt as du an‘t Leven.“
He: „Worüm seggst du dat?“
Ik: „Wiel dat so is. 30 Johr verheiraadt. Un du?
He: „HAHA. Du hest recht. 23 Johr oolt.

Segg, wat du wullt gegen Facebook. Af un an geiht dat dor echt lustig to!

En Bild för di

„Kiek mal! Heff ik för di maalt!“
Wenn du düsse Satz al hört hest, weetst du, wat denn kümmt: En Bild.
Dorop krakelig tekent sünd en poor Buntstickenstrichmännchen … un … een dorvun büst du! Un du freust di. Reell. Denn du weetst, du büst för düssen Lütten so wichtig,

dat de Schieter Kunst för di maakt hett. Un du nimmst dat Bild stolt as Oskar in de Hannen un giffst dat en Ehrenplatz – in de Schuuvlaad.

Ik maak dat jo hüüt noch geern. Ne, nich Kunst in ‘t Schapp packen, sünnern Biller schenken. Dor seet ik to‘n Bispill Wiehnachten mit mien Keerl op ‘n Balkon. Un düsse Balkon weer nich jichtenswo, man op Teneriffa. Wi keken uns an, un wi keken in de Rotwienglääs. Denn bekeken wi ok de Sünn – de staatsch Füerball – as se so suutje ünnergung in dat deepblaue Water. Mit ehr letzt Kraft hett se de Teide anlüücht. Teneriffas groten Vulkan. Dor hett he op eens rosig un fuchtig schimmert as Farkenhuut. Sien Konturen hebbt sik düchtig aftekent, in‘n düüstern Heven. Un in jüst düsse Farv, düt Farkenrosa, hett he mi denken holpen an wat, dat is mi heel un deel vertruut.

„Kiek mal, Schatz“, heff ik seggt „Kiek mal, de Teide! Weetst du wo de nu utsüht in düt Licht?“

„Ne.“

„Na, kiek doch. Den sachten Bülten un denn de Tipp baven op! Weetst du nu?“

„Ne.“

„De süht doch jüst so ut, as de pralle Titt vun en nakig Fru!“
„Jo. Hest recht. Nipp un nau so. Nu mutt ik jümmers, wenn ik op düssen Balkon sitt, an Nippel denken. Danke, du. Dat is en Bild op ewig. Dat krieg ik nie nich rut ut mien Kopp.“, hett he seggt.
Un ik heff antert: „Bidde, dor nich för“. Aver ik bün mi bit hüüt nich seker, wat he sik echt freut hett oder wat he sik doch en beten argert, dat mien Bild nich in de Schuuvlaad passt.

De lütte Ünnerscheed

Mien Keerl. Op Arbeit arbeidt he un tohuus snackt he vun sien Arbeit. Wat hett he dorvun? En gode Rente (wenn he bit to de Rente dörhöllt) un he hett dat mit de Nerven. He arbeidt in de niege Technologie – „erneuerbare Energien“ … hett Projekten in de hele Welt un wegen Lüüd as em gifft dat grönen Stroom, de – to‘n Bispill – mien Köhlschapp andrieven deit.
Ik heff ok jüst mien Rentenbescheed kregen. 148,50 Euro. Un se hebbt mi fraagt, wat ik denn in de twintig Johr maakt heff, wo ik nich arbeiden dee. Un dat ik mal torüchschrieven

schall, wenn ik doch arbeidt heff un se dat blots nich markt hebbt.
Laat mi mal överleggen. As ik mit twintig Johr heiraadt heff, dor hebbt wi beide arbeidt, mien Keerl un ik. Wieldess he in Beroopsleven de Trepp hoochfullen is, heff ik en Kind kregen. As mien Kind dree Johr oolt weer, wöör ik wedder swanger. As mien tweete Kind dree Johr oolt weer, wöör ik wedder swanger. As mien drütte Kind een Johr oolt weer, wöör ik wedder swanger un as mien veerte Kind dree Johr oolt weer … jo, dat kannst di nu al denken.
Leve Rentenkass, ik heff en Projekt achter dat anner kregen un heff nu fief Projekten to glieker Tiet an't Lopen (as mien Keerl jümmers seggt), de all noch nich afslaten sünd. Butendem mas-seer ik mien Keerl de Nerven, dormit he fit is för de „erneuerbaren Energien" un örnlich in de Rentenkass inbetahlen kann. He maakt den Stroom för't Köhlschapp un ik wisch dat ut un füll dat op, dormit mien Familie wat to bieten hett. Dat is villicht ok Arbeit, aver dat lett sik jo gor nich mitenanner verglieken. Dorum is dat wiss blots goot un recht, dat mien Rente un sien so ünner-scheedlich sünd.

Urinstinkt

Moin Lüüd, hebbt ji ehr ok al sehn? Ik heff jüst vör en poor Daag een dorvun observeert. Glieks neven de Straat. So en öller Exemplor. Rein staatsch. In Winter maakt se sik jo roor. Dor sünd se bang. De Wildpinkler. Aver sodra de Sünn dat eerst Gröön rutketteln deit, föhlt se sik dringt un mööt dat begeten.
Dat is en Urinstinkt vun de Minschen. Oder beter – vun de Keerls. Un nu kiek di mal dat Woort „Urinstinkt“ nau an, denn finnst dor binnen de Wöör: Urin, stinkt. Achtersinnig, oder? Jo, de Wildpinkler lett sik nich so eenfach domestizeren. Ut den Wulf köönt wi en Hund tüchten. Ut den Tiger en Pusskatt. Un wohrschienlich köönt wi licht en Hamster ut en T-Rext tüchten. Aver en Wildpinkler an‘t Huus wennen? Ne, leve Lüüd.
Dat hebbt se ok annerwegens markt. In London un Amsterdam gifft dat nu „Pop-up Toiletten“. Dat sünd Fohrstohl-Schiethüüs. Nachts wasst se ut den Bodden un morgens fohrt se de wedder daal. So süht de Stadt bi Daag smuck ut un stinkt nich. Denn de Wildpinkler is nachtaktiv. Düt Projekt hett sik

al renteert, aver günstig is dat nich. 27.000,00 Euro kost dat eenfach Modell. Kölln hett sik wat anners utklamüüstert. Hier sünd se Pro-Piedel instellt: Keerls dörvt gratis strullen, Fruunslüüd mööt betahlen. Köln hett even en Hart för Urin-Stinker. Ups … äh … för Urinstinktler, meen ik. Is kloor. Düt Bispill schullen wi namaken, finn ik. Glieks morgen gah ik na‘n Hökerladen un koop mi Opbacker för mien Auto. To’n Bispill: Ein Herz für Wildpinkler! Ich bremse auch für Wildpinkler! Wildpinkler an Bord!
Urinstinkte dörvt wi nich ünnerdrücken, meent jo ok de Spezialisten. Anners kann dat passeren, dat sik en Minsch umorienteert, un … ik tro mi kuum, dat to seggen … sik in’n leegsten Fall to‘n Pinkeln sogor hensett! Grulig!

Mien Keerl, de Katteker

Vör lang, lang Tieden …
as Strümp un Loopmaschen noch flickt worrn sünd … dor fungen de Minschen ok mit dat Hamstern an. Ofschoonst se egentlich keen Nagers sünd, sünnern Homo Sapiens.
Man, hest du al een beleevt, de kattekert?
Mit so en Katteker bün ik verheiraadt. Dat is

mi nu eerst opfullen, na 30 Johr. He hett dat temlich goot kascheert.
Man, nu heff ik annerletzt Saken funnen in mien Huushoolt, de höört dor gornich hen! Selterwater to‘n Bispeel, heff ik bi de Tennissläger funnen, Klorullen achter den Geleerzucker, Taschendöker in‘t Schohregal. Un jümmers so goot versteckt, dat een dat gornich markt. Dat sünd sien stille Reserven, hett he seggt.
Un denn hett he mi noch vertellt, dat he in sien Portmonee Geld verstecken deit. „Nootgeld“ nöömt he dat. Dat packt he in en anner Fach in sien Büdel, so dat he dat nich sehn kann … un denn vergitt he dat dor. Un – in en Noot-situatschoon – wenn he wat bruken deit, denn söcht he sien Portmonee dörch un freit sik över sien Nootgeld.
Ik finn dat jo en lütt beten sünnerbor, düt Kattekern. Un bi mi wöör dat ok nich funktschoneren. Wenn ik Geld in mien Büdel pack, denn weet ik, dat dor wat binnen is. Denn heff ik ok keen Roh nich, bit ik dat all utgeven heff.
Aver ik bün ja froh doröver, dat mien Keerl en Katteker is un keen Aap nich oder gor en Swien. Denn Katteker sünd heel söte Deerten. Un güstern, bi ‘t Fröhstück, dor heff ik mi mal

nau sien Ohren ankeken. He hett fraagt: „Is wat?“ Un ik heff antert: „Ne.“
Dat ik blots mal kieken wull, of dor all rode Puschels an sien Ohren wasst, dat heff ik em nich vertellt.
Ach jo. Homo Sapiens hen oder her. He is mien söten Katteker un ik … ik bün sien lütte Muus. Un so kann dat blieven.

promise me a rosegarden

You and me baby ain't nothing but mammals
So let's do it like they do on the discovery channel

The Bloodhound Gang

hau af deert du
swingst vun date to date en laken is bi di doch
verplempert woans wullt du mi op rosen betten
dien fell
vörleggen dor över kööntt wi snacken mien
lager is maakt un
mit negelken besteckt ik beddel nich na
primaten ahn biss
tähnen wasst mi an‘t geweten gah oprecht siet
ik lopen
kann un kenn de designer in all wat to sehn is
he geev

swung mien becken abasig swung
as wenn ik mudder vun al dat lebennige warrn
    schall man ‘t hett
al jümmers blots de twete fiddel speelt
    keeneen de sien reveer betekent
bringt se to‘n klingen oder ramponeert mien
    goorn dor bün
ik eva
du aap

Över de Familie

Frustration Day

Dat gifft jo Daag, de staht ünner en bestimmtes Motto oder sünd Gedenk- oder Akschoonsdaag. Welk kennt jedereen. So as den Mudderdag oder Valentinsdag. Aver dat gifft ok Akschoonsdaag, de sünd spezieller. Wokeen kennt to'n Bispill den „Tag der Blockflöte" an'n 10. Januar? Oder de 21. Januar, de hett glieks twee Akschoonen. Is „Weltknuddeltag" un „Internationaler Tag der Jogginghose". Markwürdig finn ik ok den „Internationalen Kiffertag" an'n 20. April.
So wat ähnliches hebbt wi annerletzt bi uns tohuus hatt. Do hungen se all morgens in de Köök, maken en Flapp un harrn keen Lust op gor nix. De een Dochter fung denn an un fraag: „Mama, kann ik nich schoolfree hebben un in't Bett blieven? Ik bün so frustreert."
Man, denn güng dat wieder as en Kedenreakschoon:
Lili see: „Mama, wenn Sarah frustreert is,

denn bün ik dat ok. Kann ik nich tohuus blieven?“
Cedric see: „Mama, wenn Lili frustreert is, denn bün ik dat ok. Kann ik nich tohuus blieven?“
Mini see: „Mama, wenn Cedi frustreert is, denn bün ik dat ok. Kann ik nich tohuus blieven?“
Toletzt see Robbi: „Mama, wenn all frussstreert ssssün… Oh, man. Ik kann noch nich mal ordentlich 'frussstreert' seggen. Dat frussstreert mi nu all böösss.“

So, hebbt wi dat nu ok wedder hatt. Uns Frustration Day. An’t Enn weren all an’t Lachen.

Schoh köpen

Is nix nicer, as Schoh to köpen … so as Fru … DENKST DU!
Jo, wenn du so Schoh dregen deist, nich lütter as 36 un nich grötter as 38, (also egentlich Fööt hest so lütt, as wenn du in Nimmerland boren büst un nich in Noorddüütschland – so as ik) un du hest keen „Senkspreizfuß“ un ok keen Höhnerogen, de du ja kriegen deist, wenn

du op spitze Pumps steihst un nich op so Gesundheitsgaloschen mit “atmungsaktivem Fußbett“. Wenn du jümmers fein op dien Mudder höört hest, de seggt hett: „Kind, kööp di keen Schoh, de to lütt sünd oder drücken – egal wo sexy de utseht“, ja wenn du dat maakt hest … as Fru – un ik kenn keeneen, de op ehr Mudder höört hett, wat Schoh angeiht. Dor hett al mien Mudder nich op ehr Mudder höört. Un ik heff ok nich op mien Mudder höört un mien Kinner höört nu jüst nich op ehr Mudder…, – denn is Schoh köpen wohrhaftig dat Schöönst, wat en Fru so beleven kann. Avers dat gifft ja nu mal keen Fru mit de perfekten Fööt, so as dat keen Keerl geven deit mit den perfekten Charakter. Un dorüm is dat Schoh köpen ungefähr so spaaßig as „Blinddating“. Denn du hest en Prinz in‘n Kopp, man dor sitt in den Laden blots Poggen. Oder du finnst dien Prinz … un denn passt he nich. Un du wullt ja ok nich all Tiet so as Cinderellas Süster di wat vun dien Hack afsnieden, wenn du so en Schoh proberen deist. Dat kummt nich goot in so en smucke „Feinstlederwarenladen“.
Schoh köpen, du, kannst füünsch bi warrn. Richtig gefährlich warrt dat avers denn, wenn du as Fru nich Schoh för di sülvst köpen schallst, sünnern för anner Lüüd. Tosamen

Schoh köpen. Du, dat hett de Düvel sik utdacht! Letzt Johr weren mien Keerl un ik mit dree Kinner ünnerwegens – Schoh köpen. Wintersteveln för de Kiddies. Den helen Vörmiddag sünd wi vun een Laden na den annern laatscht, üm Steveln to köpen. Geld hebbt wi noog mit hatt, hebbt wi dacht. Ha! Schiet di wat! Ahnt ja keeneen, dat so Kinnersteveln dürer sünd as dat Antahlen vun en halves Dubbelhuus! Also … kort un goot … jichtenswann an düssen Dag hebbt wi dat endlich schafft un all Kinner hebbt niege Steveln hatt. Aver, du, dat segg ik di … dat is lichter en rosa Eenhoorn to finnen, dat mit Kürbisse op en Rolltrepp jongleert, as Schoh de Kind, Köper un Geldbüdel gefallt! Un nu steiht de Winter wedder för de Döör. Wenn tominnst de Punschstänn al opbuut weren. Dat en Minsch wat optanken kunn, vun dat Aggewars. Dat dee nödig!

Crowdfunding

Wat maken, wenn du en Geschäftsidee hest, aver dien Spoorswien is op Diät un en Kredit – ne, den wullt du nich un kriggst ok nich?
Dat Töverwoort för all de Spinnerten, de nich

vun Huus ut riek sünd, is denn: Crowdfunding! Översett heet dat: „Mengenfinanzierung“.
Un op Platt: Laat anner Lüüd dien Droom betahlen.
Vele vun mien Frünnen hebbt dat al utprobeert. Autoren finanzeert so to‘n Bispill ehr Böker un mien Süsterdochter, du, de versöcht dat nu ok. De will in Flensborg en Laden opmaken, wo nix mehr verpackt is. Also, wo allens gesund un bio is … un so lose rümliggen deit – as fröher in‘n Tante-Emma-Laden. Un denn kannst du ok blots so veel inköpen, as du würklich bruken deist. Also 36g Butter, 750ml Melk, 50 Stück Eerdnööt-Hirsebällchen usw.
Un statts dat de Deern den Laden nu tosamensporen mutt, bit se 88 is, fraagt se lever ehr Familie, Frünnen un Frömden, of de nich wat för ehr in‘n Putt smieten, dormit se dat Geld gauer tosamen hett. Wenn du wat spennen wullt, kriggst sogor Dankeschööns dorför, je nadem wo veel du utgeven deist:
För € 5,00 gifft dat en Jute-Büdel mit Logo.
Spennst du € 120,00 gifft dat en Wiedenkorf as Dankeschön.
För € 2.500,00 kummt dien Naam op en Ehrenurkunn an de Ladenwand.
Un för € 10.000, du, dor kriggst sogor en Urlaub op Ibiza!

Ik weet nich, of mien Süsterdochter noog Lüüd in Flensborg finnen deit, de en Jutebüdel bruken köönt, man sünst … dor bün ik bang … blifft ehr Droom blots Tüdelkram.

De Restauranttester

„Hier, bidde. Proberen.“
Mit düsse Wöör warrt mi en Löpel för de Snuut holen … un de süht nich apptitlich ut. Ne. Ganz un gor nich. Wat dorin wabert, lett mi en beten an Kläärslamm denken. Un rüükt ok so.
„Wat is dat?“, fraag ik.
“*Swienegel an Klötenklööm*”, seggt de Chefkock, „uns Spezialität.“
Mi warrt övel. Alleen bi den Gedanken krieg ik Knastkniepen. Kannst ok Knastbrummen oder Kopppien dorto seggen. Wat ok ümmer – mi brummt de Dassel. Woneem heff ik mi dor blots hen verlopen?
„Hebbt se noch wat anners?“
„Kloor. Wi raadt vundaag to *Pissmieren an Slackermaschüü* oder *Mullewapp in Kujambelwater.*“
„Igitt, ne. Dor eet ik keen Happen vun. Kennt se keen Huusmannskost?“

„Doch. Ik kann ok Kohlrouladen serveren."
„Dat is en Woort!", segg ik un bün heel verlichtert.
Laterhen krieg ik mien Kohlroulaad. Skeptisch püker ik dor in rüm.
„Bäh, ik warr bregenklöterig! Dor is jo en Insekt binnen!", moser ik.
„Suutje, suutje.", antert de Chef. „Nu wees mal nich so krüüsch un eet dien Teller leddig. Beter en Luus in'n Kohl as gor keen Speck!"
„Weetst wat, mien Schietbüdel? Ik heff nu gor keen Lust mehr, Restauranttester mit di to spelen", segg ik un kladder ut mien lütte Dochter ehr Sandkist. „Wat is, wenn ik di dorför inladen do. Dat gifft:
Sesamrundstück frisch ut den Aven mit fein dördreihtes schieres gegrilltes Rinnerhack, Carpaccio vun de Goorntomaat un plückfrischen Iesbargsalat, garneert mit slank sneden Schieven Spreewoold-Gurken un en lütt Löpel feine Frischeikreem mit utsöchtes Rapsööl un en lütten Tick Semp, afsmeckt mit Solt un Peper."
„Ik bün dorbi. Hööört sik schick an. Un lecker. Wo fohrt wi hen?", fraagt mien Lütte.
„Na de Frittenbood. Burger eten."

Baadstuuv-Episode

Söhn kloppt an de Baadstuuvdöör.
Mudder: Keen is dor?
Söhn: Ik!
Mudder: Wat wull du, ik?
Söhn: Rinkamen. Hest du wat an?
Mudder: Jo.
Söhn: Ok baven rum?
Mudder: Baven rum un ünnen rum. Heff Tähn in'n Mund un Haar op 'n Kopp.
Söhn süüfzt: Ahhh, dat is goot.

Keen Kinnerspeel

Dat gifft en Kinnerspeel, wat wi af un an speelt, wenn ik an Stüer sitt un de Autofohrt duert to lang. Dat heet:
Ik seh, ik seh, wat du nich sühst.
Kennt ji seker. Dor muttst du raden, wat de anner sik jüst bekeken hett. He seggt di blots de Farv an. To'n Bispill:
„Root“
„Dien Pulli“
„Ne“
„De Tankwieser“
„Ne“

„De Pick op Sophias Nees“
„Hä? Wat heff ik op de Nees? Du spinnst woll!“
„Ne! Klapp to, dor achtern! Wieder maken!“
„Dat Stoppschild“
„Wat för en Stoppschild? Uuuups!“
Naja. So oder so ähnlich löppt dat Speel bi uns. Dat is bi jüm seker jüst so.
Aver in de letzt Tiet, du, dor speelt wi ok noch en anner Speel. Un dat geiht so:
Een seggt wat, un ik verstah em nich. Oder … geiht ok as Gruppenspeel jung gegen oolt:
De Kinner seggt wat un mien Keerl un ik verstaht wat heel anners – un wi beid diskeren, wokeen nu op ’n verkehrten Damper un en Döösbaddel is, oder of wi beid nu doch oolt warrt. To’n Sluss sünd wi uns aver jümmer enig: De Kinner sünd Schuld. De kriegt dat Muul eenfach nich akraat op un sabbelt jümmers dumm Tüüch.
Aver düt „nich hören wat en anner seggt“ un „nich sehn wat en anner süht“, dat is männichmal en beten grulich, du, un ik heff den Verdacht: Oolt warrn is keen Kinnerspeel.

Mien Süster

Süster mien, weetst du noch?
Wat hebbt wi twee uns leev hatt!
Hest mi so geern dat Hoor friseert,
mal Zöpp mal Locken un mal glatt.
Denn trockst mi Mamas Nachthemd an
– en rosa Droom – un Stöckelschoh.
Girls just wanna have fun
Du weerst mien Fründ, wat weer ik froh.

Du weerst de Grote
un ik weer de Lütte.
Wat för en Tiet …
Wat för ‘n Spaaß in uns Hütte.

Süster mien, weetst du noch
wat wer‘n wi beid doch grantig!
Ut uns Kamer wull ik smieten,
di, mien Deern, achtkantig.
Un dien smucke Ringelrolli,
de di so goot stahn hett,
hest du mi nich utlehnt. Ne!
Dat funn ik överhaupt nich nett.

Du weerst de Grote
un ik weer de Lütte.
Wat för en Tiet …
Wat för ‘n Stunk in uns Hütte.

Süster mien, weetst du noch,
ik harr di mal beten
wegen enen lütten Bontje.
Man, dat weer doch echt bescheten!
Hüüt noch hest an‘n Arm en Narv
vun mien sluusohrig Attacke
blots wiel ik so bontjesüchtig …
dat weer Schiet, dat weer echt ka… tastrophal

Du weerst de Grote
un ik weer en Aas
Dat weer nich fein,
dat weer ok keen Spaaß.

Süster mien, weetst du noch,
Camping an de Noordsee,
as de Floot mi mit sik toog.
Oder 1978 – Winter mit Rekordsnee!
Jümmers bleev ik dicht bi di,
pedd in diene Stappen.
Jümmers hest du mi bewohrt,
bi Noot un för mien Grappen.

Du weerst de Grote,
ik harr korte Been.
Du weerst mien Heldin
un ik nich alleen.

Süster mien, weetst du noch,
de Typ mit Mokick. Blonne Locken.
Wo hett he heten? „Dugge“!
Ik wull op sienen Bock geern hocken.
Man, he hett mi gornich sehn,
hett blots Oogen hatt för di.
Wenn ik nu doran torüch denk,
bün ik froh, dat is vörbi …

dat ik so en Göösbloom
weer un du weerst de Roos.
Du weerst dat Fleesch,
man ik blots de Sooß.

Süster mien, weetst du woll,
du warrst vör mi sösstig.
Man, wi beid sünd jümmers noch
so as fröher döstig …
na de Freud un na dat Leven,
un bavento noch klook.
Düsse Tiet is wiss de best!
Finnst du dat nich ok?

Of groot oder lütt,
dat is eenerlei.
De Fründschop vun Süstern,
de geiht dörch nix twei.

„Selbstlos“ sien

Ik will mi nich beswеren. Ik heff en cooles Leven. Job maakt Spaaß. Kollegen sünd nett. Ik heff en Huus in Düütschlands Kohlkamer, en Peerd dat utsüht as Jolly Jumper un en Familie, de glatt mit de Waltons konkureren kann. Wat will Fru mehr?
Man, is ok en Stück Arbeit. Ik kaam veelmals to kort, wiel dat jümmerto wat anners wichtiger is. Priorität hett. Dat gifft so veel, woto mi eenfach de Tiet fehlen deit un liekers so vun Bedüden is. De Wulken bi ‘t Wannern tokieken, to‘n Bispill … oder … oder Regendrüppen, wo se de Fensterschieven daallopen (un denn mal raden, wokeen woll toeerst ankamen deit – also en Regendrüppenwettloop beluern … dat heff ik al lang nich mehr maakt, du. Un … dat fehlt mi.)
In een vun düsse Daag – so en regen-drüppenwettlooplosen Dag – seggt de Lüttste vun de Ditmarscher Waltons bi‘t Fröhstück:
„Mama, es regnet. Sei doch mal *selbstlos* und fahr mich zur Schule.“
„Kloor,“ segg ik „Kloor, geiht los. Ich muss sowieso in die Stadt. Muss nur schnell noch Wäsche waschen, den Geschirrspüler ein-

räumen, fegen, feudeln, das Pferd auf die Koppel stellen und dann … ja dann fahr ich *selbst los*. Passt di dat, mien Schietbüdel?“

Königsrolle

Kennst du de *Königsrolle*? Ne, ne. Nich, wo du nu an denkst. De heet nämlich: *Prinzenrolle*. Is wat ganz anners un wenn du toveel dorvun frittst, hest an‘t Enn Schokolaadplacken op dien Sofa un Speckrullen an de Hüften.
De *Königsrolle* is en Öven. En Hölp för dat „Selbstbewusstsein“. Dat heff ik op en Seminoor lehrt. De Coach hett seggt: „Und nun demonstriere ich euch die Königsrolle, danach seid ihr dran!“
He hett sik in‘n Ruum stellt un ik heff dacht: „Nu geiht dat los. Nu mööt wi hier ok noch turnen – oder wat! Un ik in Highheels … so kann ik doch nich över ‘n Teppich trudeln!“
Hett he aver gornich maakt, sik över ‘n Teppich trudelt. Ne, du, he hett sik in de Bost smeten, de rechte Hand zackig in de Luft streckt un dorbi „HEY“ ropen.
Jo. Dat güng ok mit Highheels. Un weer gornich mal so verkehrt. De Öven heff ik

glieks tohuus mien Söhn wiest. Wiel he sik nich recht lieden kann un mit hangen Schullern dör de Welt slurft. Dorbi is he en echten Snuckel un hett dat gornich nödig. Aver du weetst jo wat dat gellt, wenn Muddi wat vertellt: Nix.
Lever is em: Couch un Prinzenrolle, as Coach un Königsrolle. Tschä. So ist dat.
Aver as *Queen vun de Köök* maak ik de *Königsrolle* nu tominnst dree maal an'n Dag un kaam mi al vör as en eenarmig Bandit. Man, sietdem heff ik nich blots bald dat „Selbstbewusstsein" vun Chuck Norris, sünnern ok sien Bizeps. Tominnst rechterhand. Un dormit mien Egenweertsinn nich ut de Öven kümmt, segg ik hüüt mal nich Tschüüß, leve Lesers, sünnern:
„HEY"

Fröhstücks-Episode I

De Dochter kriggt en Glas Marmelaad nich op.
Dochter: „Ik krigg dat Schietding nich op. Kann een hölpen?"
Söhn (grient): „Ach, mien Söte. Hest du keen Knööv? Na, denn geev mi dat mal her."
Dochter: „Dööskopp! Du nu nich mehr! Mama?"

Mudder: strengt sik mächtig an. Schruuvt an'n Deckel, bit se sik meist de Schuller utkugelt.
Söhn (grient duller): „Naaaaa, schall ik nu hölpen?"
Mudder: haalt sik en Knief un grient den Söhn an. Hevelt mit dat Knief an'n Deckel, bit dat ploppt. Se schruuvt … un schruuvt … un schruuvt. Nix passeert. Se gifft op un de Dochter dat Glas torüch.
Dochter: schruuvt … un schruuvt … un schruuvt.
Söhn: „Naaaa? Giffst du op?"
Dochter: gifft em dat Glas.
Söhn: schruuvt mit en eenzig Griff dat Glas op. „Hier bidde!"
Dochter: „Ik kann di nich af!"
Mudder: „Dat hest du avers nett seggt, Söte!"

Ik segg jo jümmers: Nix gegen Gören, man schicken mööt se sik goot.

Konnichiwa!

Bi uns tohuus – dor is dat Japan-Fever utbraken. Mien Söhn weer för veer Weken in Hakata, hett sik ünner de Lüüd mengeleert un is nu sülvst en halven Japaner. Kloor, so en

meist 2-Meter-Minsch, de kann sik nich echt mengeleren in de japaansche Provinz un denn weren de lütten Kinner sogor bang för em un hebbt blarrt … un „Godzilla, Godzilla“ ropen, wenn se em drapen hebbt. Un de utwussen Lüüd hebbt sogar de Siet vun de Straat wesselt, wenn mien Söhn üm de Eck keem. Aver dat hett em nix utmaakt. He hett sik Land un Lüüd ankeken un is mit de Bahn dwars un dweer dör dat Land fohrt (un in Japan is de Bahn sogor pünktlich, du!) Aver siet he wedder tohuus is, is uns noorddüütsches Leven dörchenanner. Mien Söhn treckt sik jedeen Wekenenn de Schört um, steiht veer Stunnen lang in de Kööк un kaakt söten Bohnenopstrich, de he sik denn in de Week op dat Broot smeert – so as Marmelaad. Söte Rode-Bohnen-Pamp. Veer Stünnen kaakt he. De Pamp heet: Anko. Un denn backt he ok noch lütte Koken, mit Ankofüllung. Un all eet se mit Stäbchen: Ries. Anko-Koken. Sogor Nudelsupp! Allens mit Stäbchen. Un Begröten? Ne, dor seggt wi nich mehr „Moin!“, dor doot wi uns blots noch stumm daalbögen. Oder wi seggt even:“ Konnichiwa!“
Mal kieken wo lang dat noch so geiht, du. Ik eet ok geern mal wedder Kohlrouladen … wenn sien mutt ok mit Stäbchen.

Dat Mäffchen

Ik heff bi mi to Huus en „Mäffchen“.
Du, de is total smusig un hangt mi an as Spinnwübb. Nipp un nau so swoor lett sik dat „Mäffchen“ ok männichmal aflösen. Dorum nööm ik em ok so, wiel he en Muddersöhn is, un sööt as en „Äffchen“. Man, dat warrt Tiet, dat he sik sachten afnavelt un dorför bruukt Gören af un an en lütten Schubs.
Annerletzt wull dat „Mäffchen“ (also mien 13 Johr olen Söhn) na‘n Frisör. He wull nich na mien Hoorsnieder as sünst, sünnern en niegen proberen, so en coolen Laden, de „Barbershop“ heet. Dor gaht all sien Mitschöler ok hen, hett he seggt. Un he wull dor partu sien Hoor snieden laten, wiel düsse Frisör woll en Ahnen dorvun hett, wat „angesagt“ is.
Ok. Ik heff em en poor Moneten in de Hand drückt un seggt: “Denn man to … man ahn Muddern!“, un weer gespannt dorop, wat he dat woll alleen torechtkriegen deit. Is jo blots Haarsnieden, heff ik dacht. Kann jo nich veel passeren, heff ik dacht. Wasst jo gau wedder na.
Un as he denn na Huus keem, dat „Mäffchen“ … dor heff ik keen „Mäffchen“ mehr hatt. Dor stünn vör mi so en coolen Typ mit Smeer in‘t

Plüüster – un de Schetel … ne du, de Schetel weer nich kämmt – ne – den hebbt se raseert! Kahlslag! Dat seeg ut as en Smiss! As en Föör op ‘n Acker. As en Foog twüschen Tapeten!
Ik heff mi so verfehrt, ik wuss gor nich wat ik seggen schull. Man, he hett sik so över sien niegen Look freut, dor wull ik denn ok nix seggen. Un sietdem maakt he een op coolen Macker, Macho, Protz …
Man, dat güng mi denn doch en beten wat to gau, mit dat Verwanneln vun‘t „Mäffchen“ to en Jungkeerl. Aver, du, wenn keeneen kieken deit, denn drückt he mi as dull … un ik …
Ik hang em an as Spinnwübb.

Swien hatt

Luna is doot. Ik heff ehr funnen, as ik in‘n Stall keem. Dat weer woll en Rott oder en Moord, de dat Meerswien bi den Wickel kregen hett. Arme Söög. Een kann noch nich mal seggen, dat se de Ogen toknepen hett. Denn se hett keen mehr hatt. Ogen, meen ik … to‘n Tokniepen. De hett de Rott freten. Un denn hett se versöcht, dat Swien in Slepptau to nehmen. Aver Luna weer to fett. Se hett nich dör dat Lock passt, dat de Röver buddelt hett.

Un nu? Nu sitt Archie, dat Meerswien, bang, verlaten un alleen in de Eck vun‘n Stall. Un he quiekt nich mehr. He is mucksmusenstill. Oder in sien Fall: muckssswienestill.
Fröher hebbt de beiden üm de Wett quiekt, wenn se een blots vun wieden höört hebbt: Quiiiiek, quiekquiekquiekquiekquiek. Dat weer en Radau! Aver nu? Swiegt de Swien. Dat een, wiel se nich mehr quieken kann. Dat anner, wiel dat nich mehr quieken will.
Dor mutt wat passeren. Also sünd wi los, üm en niege Meersöög to köpen. Aver de Tüchter hett uns vertellt, dat een Söög för em nich langt. He bruukt twee Wiever. Dat is de best Konstellaschoon för Meerswien: Twee Se för een He. Achso! Also hett Archie twee niege Sögen kregen. Boa! Dat geev en Hallo! He keem ut dat Quieken gor nich mehr rut! So en Freud heff ik selten beleevt. All de Trurigkeit weer as wegpüüstert.
Un nu spekuleer ik. Wat bi de Meerswien funktioneert, kunn dat nich ok bi de Minschen …?
Gifft so veele mucksmusestille Mannslüüd …
Ne. Dat laat mal lever. Reckt, wenn Archie Swien hett!

Der Nächste bitte

Nu mal so ünner uns … also annahmen ik heff nich fief Kinner hatt un wöör nich bi en Tähndokter „Der Nächste bitte“ seggen … also denn … ja denn weer ik seker en Detektivin worrn!
Jo, lach nich! Dat is wohr, du. As lütte Deern al heff ik Sir Arthur Conan Doyle leest. Sherlock Holmes. De ut de Baker Street 5. Un männichmal dor kümmt dat wedder dörch, düt Sporensöökföhlen … so as annerletzt, as mien Dochter ehr Handy nich finnen kunn.
„Mein Handy ist futsch!“, hett se krakeelt. „Und ich muss jetzt los und ich finde das Mistding nicht.“
Ha! Dat weer en Fall för mi! Ik sett also en eernst Gesicht op, keek ehr in‘t Oog un heff seggt:
„Keine Panik. Wir werden das Handy schon finden. Wo hast du denn gesucht?“
„Im Zimmer, im Schulranzen, in der Jacke. Überall eben. Es ist futsch!“, hett se blarrt.
„Hm, hm.“, see ik un tröök mien Ogenbruen hooch. Lever noch harr ik en Piep pafft, aver ik smöök ja nich. Also bleev mi blots de Ogenbruen.
„Hm, wann hast du es denn zuletzt in der Hand gehabt?“

„Gestern in der Stadt. Kurz bevor wir ins Auto gestiegen sind."
„Aha! Der Fall ist gelöst!", heff ik denn theatralisch antert. Se keek mi an. So en Blick, du, as wenn se seggen wull: „Nu is Mudder total mall. Nu köönt se ehr afholen un wegsparren."
Ik aver see heel souverän: „Geh ins Auto und schau mal neben dem Sitz. Da wird es liegen. Denn wenn es nicht im Haus ist und du es in der Stadt noch hattest, dann ist das die einzig mögliche Lösung."
Se güng … un – is ja kloor, dat Handy … ne – dat leeg dor nich.
Tja … schööön Schiet, du. Warrt woll nix mit dat „Umsatteln" in't Investigationsgeschäft.
Na, denn: „Der Nächste bitte."

mien söhn in hakata

mien söhn mit 't kopperrode hoor
sett över kontinente fohrt shinkansen-
    streckennett in japan
fohrt de töög sogor rechttiedig wow!

mien söhn mit 't kopperrode hoor in hakata
gifft anter op wo büst du her wo groot büst du
    wat is

dien naam dat kann he op japaansch
    männichmal seggt he to‘n
spaaß he heet godzilla un sünsten översett
    google translator

mien söhn mit ‘t kopperrode hoor in hakata
gönnt sik sake beer nattou schokolaad bemött
    fründlich de eerst
kassbeerblööt in akama & kinner de mit
    geblarr utneiht vör
so ‘n dithmarscher wesselt de minschen foorts
    op de anner siet

mien söhn mit ‘t kopperrode hoor in hakata
is keen godzilla man villicht en gulliver wenn
    ok nich fastsurrt he slöppt
bi ehpoor sakai de roopt em kawaii (dat heet
    sööt) bröder in gloven fraagt
nich wo dien weeg stunn för de tokamen daag
    is mien söhn

ehr söhn mit ‘t kopperrode hoor in hakata

Fröhstücks-Episode II

Söhn. 13 Johr oolt, kümmt bedröövt in de Köök.
Söhn: „Mien Stimm is futsch.“
Mudder: „Ach? Worüm dat denn?“

Söhn: „Bestimmt wedder verköhlt.“
Mudder: „Kann ween. Kann aver ok dat eerst Teken för den Stimmbruch sien.“
Söhn: „Meenst dat?“
Mudder: „Jo!“
Söhn grient.
Muddivaschoon glückt.

Över Bärbel

Ritsch-Ratsch-Zack

Wat checkt en Fru toeerst, wenn se jichtenswo nie is un sik nich utkennt? Nu, ik wöör seggen, dat kümmt op dat Öller an. En junge Fru checkt toeerst de Mannslüüd af. Man ut dat Öller bün ik rut. Echt! Ik check toeerst, wo dat na Tante Meier hengeiht. Ik weet ok gornich mehr so recht den Tietpunkt, wo dat Lokus in mien Fokus rückt is … na – is jo ok egal. Jedenfalls weer ik annerletzt op en Veranstalten un mutt noch op mien Optritt töven, dor heff ik de Tiet bruukt un bün denn mal för lütte Deerns.
Dat weer so en richtig modern Schiethuus, mit Bewegensmeller un so. Man, dat gifft jo keen so en Modell extra för Fruunslüüd. Weer aver beter. Denn, wat de Bewegensmeller nich weet, is, wo lang en Fru bruukt bi Tante Meier. Dor kümmt dat jo ok stark op dat Öller an, of en Fruu swanger is, oder ehr Eerdbeerweek hett. Ok op dat Wedder kümmt dat an – also wo vele Plünnen een anhett oder wat för Plünnen

een dregen deit, ik meen so vigeliensch Schapptüüch. To'n Bispill en Blusenbody. Jüst so en Ding heff ik anhatt den Daag. Apenmaken is jo ok nich dat Problem ween, bi de lütten Drückknööp. Ritsch-Ratsch-Zack! Slüpper daal un los. Aver tomaken! Do weer dat vörbi mit Ritsch-Ratsch-Zack.
De Bewegensmeller harr dacht, ik bün al fardig, man ik weer jümmers noch dor ünnen an't Tüdeln un kreeg de Schietknööp nich to – do warrt dat mit eenmal düüster. Un ik stunn dor, de Büxen daal bit an de Knee. Wat maken?
Döör apen, rut ut de Kabien hopsen, un mit de Arms weihen, as weer ik plemplem.

Eierschieven mit Egenleven

Nachtfohrten sünd nich so mien Ding. Bi Nacht schull de Minsch slapen un nich fohren, meent mien Ogen un maakt dicht. Man denn mutt ik mien Ogen jichtenswie dorvun övertügen, dat dat en beten wat ungünstig is, so blind dörch de Gegend to schesen.
So weer dat ok annerletzt, as ik in Lübeck weer un denn na Huus fohren wull. Hannen un Fööt in allerbeste Fohrtluun, man blots mien Ogen harrn al wedder Fieravend maakt. Ik heff

dat eerst mit Grimassen snieden versöcht un denn ok mit Singen, jo sogor en Backs heff ik mi geven … aver dat hett allens nich holpen. Denn heff ik mi aver doran besunnen, dat Kauen hölpen schull, wenn een mööd is an't Stüerrad. To'n Glück heff ik noch en poor halve beleggte Rundstücken op den Bifohrersitz hatt un de heff ik mi nu – een achter dat anner – in't Muul steken. Dree Rundstücken later, du … haha … weer ik al in Schenefeld!

So harr dat jo goot wiedergahn kunnt, man denn keem en Eibrötchen an de Reeg. Un düsse lütten Eierschieven, de hebbt en Egenleven. De lannt jichtenswo, aver nich in'n Mund. Een full mi sogor in'n Hemdärmel. Un ik kunn gornix dorgegen maken. Heff jo keen Hand mehr frie hatt … de Linke heel dat Stüer, de Rechte dat Rundstück … so muss ik tolaten, dat mi de lütt Eierschiev in'n Ärmel bit na den Ellenbagen rutsch. Uhhhääää!

Dör düsse Eierschievenaktschoon weer ik doch en beten wat aflenkt un maak nich rechtietig noog dat Feernlicht ut, as mi een tomööt keem. De blennt denn to'n Dank noch mal schöön op, as he jüst an mi vörbi fohrt weer.

„Blöödmann!", schimp ik, „so wat is saugefährlich!"

Menno! Autofohrer gifft dat, dat glöövst du nich!

Inkoopalpdroom

Aaaaaahhhrg! Krawall! Krawall! Mien Urbärbel dreiht dörch.
Hüüt söök ik Krach. Un wenn ik een argern will, denn gah ik kort för Middag inkopen un ramms mi den Shopper so vull, dat de Stapelchips on top dat Wackeln anfangt un an de Siet al wedder daal fallt. Eerst wenn ik so överladen bün, gah ik na de Kass un överhaal op den Weg noch gau een, de partout keen Tiet hett. Also en Geschäftsmann oder en Rentner. De stellt sik mit sien Wust in de Hand denn achter an un grient nett. Ik grien torüch, tucks mit de Schullern un segg: „Großfamilieneinkauf! Ich würde auch nicht gerne hinter mir anstehen wollen … aber irgendjemanden trifft es halt!“ un pack in Roh mien dusend Delen ut. Jo, du … wenn ik en goden Dag heff, laat ik all de Een-Artikel-Köper vör. Sogor de Twee-bit-dree-Artikel-Köper.
Aver hüüt is keen goden Dag un ik seh nich in, worum de Lüüd nich wat vun mien nölig Luun af hebben schöllt!
Ik deel jo ok sünst geern.
Un denn segg ik to mien lütte Dochter: „Du Spatz, wir haben die Eier vergessen. Kannst du schnell noch mal ein Paket holen?

Mien Achtermann kiekt vergrellt op sien Klock. He wippt vun een Been op dat anner. Vergeet Kleengeldsöker! Vergeet Geheemtallvergeter! Vergeet Treuepunkt- un Sammelbillersuchtis! Pah! De steck ik all in de Tasch. Ik bün de eenzig wohre Inkoopalpdroom!
Mien Dochter bringt de Eier. „Sind die richtig?“ fraagt se.
„Nein, Süße! Ich möchte die von freilaufenden Hühnern. Flitz bitte schnell noch mal …“

En Minsch ahn Peerd is blots en Minsch

Sommer, Sünn, de Haver piekt!
Mi ok, du … aver düchtig! Mien ole Leev is wedder in Gang kamen, as ik för mien Dochter Riedünnericht söcht heff. Un nu heff ik sülvst wedder den „Riedrappel“ kregen. Un nich blots dat … ik kiek ok jeedeen Dag de smucken Peer bi ebay Kleinanzeigen. Aver, en Woort to Vörsicht: Dat is datsülvige as bi en Kindskiek. Kiekst to veel, steckst di an! So, un nu is dat passeert un ik heff den glieken Janker, as wenn ik wedder veerteihn weer: Ik will en Peerd!
Un dat, ofschoonst ik dacht heff, mien Cowgirltieden sünd egens vörbi! As Deern, du, jo

as Deern – dor weer ik fix dorbi in de Riederie. Man, ik bün jo ok hüüt noch krall un flott in de Schoh. Kann mi rögen, kann sogor mien Töhn in'n Mund steken, wenn ik will – aver dor is mi nu ok nich jeedeen Dag dorna, an mien Fööt to slicken. Wat ik meen is: Flutscht bi mi!

Ik also annerletzt op so en Pony jumpt un af dorför: Gaaaaaaaalopp!

Du, un dat hett sogor noch funkschoneert! Also … nu nich so schick as fröher – aver ik bün baven sitten bleven! Ik weer so high, as weer ik op Droge – Endorphine! Wow! Un hett keen „Nebenwirkungen".

Aver, de keem denn doch noch, de „Nebenwirkungen" … een Dag later. Do weer ik mehr Cow as Girl un bün lopen as wenn ik en Marathon achter mi harr – mit Medizinball twüschen de Been! Un för en Momang heff ik dacht – dat weer de Momang as ik de Trepp in uns Huus na baven krabbelt bün: Nu so en Lift för ole Lüüd. Dat weer nich slecht.

„Cowgranny" hett mien Söhn mi denn nöömt. Aver dat maakt nix. De Pien vergeiht, de Freud besteiht. Un bald bün ik nich mehr blots Minsch. Denn bün ik en Minsch mit Peerd.

Yeehaw!

Life is simple

Männichmal pedd ik op de Steed. Denn kaam ik eenfach nich wieder. Geiht di dat ok so?
To'n Bispill mit mien niege Peerd. Dor pedd ik ok op de Steed, ofschoonst ik dat ja rieden will.
Du, denn hett dat Allüren un steiht nich still oder will mi nich opsitten laten. Oder dat will nich gahn un en anner Mal geiht dat to gau un fangt sogor dat Puckeln an. Denn sitt ik to Huus un analyseer dat Verholen vun mien Peerd un snack mit mien Fründin doröver un spekuleer un spekuleer wat dat woll hett … of ik dat överfordern do oder of de Sadel nich richtig sitten deit, of de Wind to dull puust oder of de Sünn to hell schient … un ik faat mien Peerd opletzt so sinnig an, dat ik al froh bün, wenn ik Schritt an'n langen Tögel rieden kann.
Man du, denn sett sik annerletzt so en taffe junge Deern op mien Peerd un ritt eenfach los. Schritt, Trab, Galopp. Un mien Peerd hett op eens överhaupt keen Allüren mehr. Dat geiht un dreiht braav mit ehr sien Runnen.
Do heff ik mi dacht: Kiek an, wo fein mien Peerd gahn kann! Un wenn dat bi ehr so fein geiht, dann hett dat nix to doon mit den Sadel

oder mit de Sünn! Ik also ok: Rop op dat Peerd un los. So heff ik dat maakt … un dat hett super funkschoneert!
Do worr mi kloor: Vun dat vele Spekuleren warrt nix beter. Männichmal is de beste Weg slicht. Also wenn du wat wullt, denn fang man nich grootordig dat Denken an.
Fackel nich lang.
Do dat!

Tomatensalat

Annerletzt heff ik en Mahnen kregen. En Mahnen över 49,95, ofschoonst ik dat al lang betahlt heff. Ik schriev mi dat jümmers glieks op de Reken, wenn ik wat betahl, dormit ik nich in'n Tüdel kaam. Also krieg ik dat Telefon to faten un roop dor bi dat Versandhuus an, du, un fraag de Minsch an't anner End, of de woll Tomaten op de Ogen hebbt un worum se dorto kaamt, mi en Mahnen to schrieven, ik heff dat doch lang betahlt – steiht ok hier op mien Online-Konto-Uttog: 49,95 betahlt vör twee Weken an … uuuups. Äh. Dat güng jo gor nich an düt Versandhuus. Dat heff ik woanners hen schickt. Schöön Schiet! „Also, ja. Dann nichts für ungut", snack ik in den Hörer, „Ich überweise Ihnen den Betrag sofort.“ Un denn heff ik gau opleggt un dat anner Versandhuus anropen, wo ik dat Geld ut Versehn verkehrt hen anwiest heff. Na, du. Ik weer schöön in Fohrt un heff fraagt, of de woll Tomaten op de Ogen un nich markt hebbt, dat dor 49,95 vun mi kamen sünd, ofschoonst ik nix köfft heff un dat weer ja woll en Ding, dat se dat Geld eenfach so insackt un keen Mucks maakt. „Ich frage mal bei der Buchhaltung nach, bitte bleiben Sie kurz in der Leitung“, seggt de Stimm. Un denn: „Tut mir leid, wir haben keine Buchung gefunden.“ Waaaaat? Du ik weer kort dorvör to exploderen. Sünd jo immerhen 49,95, du. Is ja ok Geld. Naja. De Fru hett seggt, ik schall ehr dat nochmal schriftlich toschicken un denn kiekt se in Roh na. Dat will ik jüst maken, denn kiek ik – nu endlich ok en beten sinniger – noch mal op mien Konto-Uttog un seh en Gootschrift vun jüst düt Versandhuus över 49,95. Tja. Wat schall ik dorto seggen: Hüüt Middag gifft dat woll Salat. De Tomaten dorför kann ik jüst vun mien egen Ogen oornen.

21. Johrhunnert. Un de Minschheit hett nix anners to doon, as sik sülvst to ramponeren.
Is jo ok logisch. Wat hebbt wi denn noch optorichten? Wat to entdecken? Wat gift dat noch för Helden to doon? All Kontinenten sünd erforscht, all Bargen op- un daal klattert. Wi weet, wo de Babys herkaamt. Dat gifft keen Geheemnissen mehr, de wi lüften mööt. Dat gröttste Aventüer för den modernen Minschen is en Plattfoot an't Fohrrad to flicken!
Un dorüm is jo „War of Warcraft" so beleevt oder Football. Wiel … dor gifft dat jo noch echte Helden! In't Computerspeel kannst sülvst en Held ween, bi Football kannst dien Held tojuuchen.
Tooooor! Boah. Dat is dull!
Dor farvt wat vun dat Erfolgsbeleven op mi af un ik föhl mi super … bit ik mi morgen fröh op de Waag stell un mark: Ne, ik bün keen Sportler nich. Aver egal. Wi vergeet vör den Bildschirm en Ogenblick uns langwielig Leven.
Man, dat gifft Lüüd, för de langt dat nich. De wöllt nich blots mit Beer un Chips un de Düütschlandfahn op de Back ehr Helden in't TV tojuuchen, de wöllt sülvst noch de Welt

verännern. Un dor kümmt männichmal sogor wat Cooles bi rut. So as de Klettversluss. Aver dor kaamt ok Saken bi rut, de de Welt nich bruken deit. To'n Bispill de „Butter-op-Brot-Roller" oder de „Schietwetterpumps". Dat sünd Schoh mit so lütte Paraplüs an de Spitz. In echt nu … dat kannst in't Internet bekieken. Haha! Tüdelkram. Mutt een jo nich kopen, wat? Aver sowat uttoklamüstern – dat weer förwiss en Rutföddern. Ik heff hüüt sülvst so en Rutföddern hatt. Ik heff dat eerste Mal in mien Leven bi en Amt en Auto ümmellt. Du – un nu föhl ik mi as Herkules. Ik heff keen Bang för nix. Also: Wat schull mien neegste Heldendaat ween?
De Stüerverkloren maken? Bi Swiegermudder anropen? Oder ik kann ok mal versöken …
en Fohrrad to flicken …

Baadwannproblem

Wat büst du? En Baadwannen- oder Duusch-minsch? Also ik bün de Baadwannentyp, du. Dor hangt nix över un kiekt nix rut – so as bi mien Kerl – dor kiekt jümmers wat rut. Sünd de Been ünner Water, kiekt de Kneen rut … as so vulkaansche Inseln in'n Ozean. Un dükert he de Kneen ünner, jo, denn mutt he de Fööt baven op de Kacheln afleggen. Nich bi mi. Ik pass jüst so perfekt in de Wann as de Wust in de Tupperbox. Un wenn de Wann halv full is, du, denn langt dat al för mi. Vun wegen baden is dürer als duschen. Dat stimmt in mien Fall nich. Also wenn ik mal överlegg, wo lang een dat Water lopen laten mutt, bi't Duschen, bit allens fardig is… Körper insepen un afbrusen, Haar shampooneren – twee mal … un achteran Conditioner un dennn wedder utspölen. Womöglich noch en Peeling un nich to vergeten: De Been raseren, un de Achseln un so wieder. Dat kannst in de Baadwann allens mit dat sülvige Water maken. Also … so as ik dat in de Reeg optellt heff, achterenanner… is kloor! Raseren deist di beter nicht an'n Anfang, sünst liggst 30 Minuten in so smuddelige Hoorstoppelsupp rüm.

Aver hüüt is en trurigen Dag för mi, denn de Stöpsel vun mien Wann is kaputt un nu is eerst mal Sluss mit Baden. Dat sünd jo vundaag nich mehr so swarte Gummidelen, de een gau mal bi'n Höker köpen kann. Nee, dat is so en Hightechstöpsel, de mit den Överloop verbunnen is un wo du en Klempner bruukst, üm dat wedder in de Reeg to bringen! Man ik heff Glück in'n Unglück, du, denn jüst to de glieke

Tiet as mien Baadwann kaputt güng, geev ok de Anböötautomat vun de Heizung sien Geist op un warm Water … is nu passée.
Kiek!
Dor is dat mit den Stöpsel woll dat lütter Problem un kann mi schiet-e-gaal ween.
Also velen Dank, leve Heizung, för dat coole Timing!

Pillen-Matrix

Hoorfarv maakt klook! Dat heff ik jüst wedder markt, as ik bi‘n Frisör seten un in en Illustreerte blädert heff. Lesen kannst dat jo nich nömen. Biller bekieken, villicht – steiht jo nix binnen vun Belang. Man, dütmal bün ik doch över en Bericht fullen, dat is goot to weten.
Dor hebbt se schreven, dat de Pill de Fruunslüüd verännert. Also, nich blots, dat de Gebärmudder meist so produktiv warrt as de Blinddarm – ne – de Pill hett Influss dorop, wat en Fru beslüten deit!
Mit Pill hett se keen Eisprung mehr. Un ahn Eisprung beslütt de Fru allens mit den Kopp un nich – as ahn Pill – mit den Buuk … oder beter seggt mit de Gebärmudder. So hett de

Wetenschop to'n Bispill rutfunnen, dat de Fruunslüüd in de Tiet vun'n Eisprung beter utseht. De Huut is praller. De Lippen weker. De Fru is op Jagen un speelt de Lockaant. Driggt en rodes Kleed statts griese Büxen.
Se hebbt ok faststellt, dat en Fru, de de Pill nimmt, op heel anner Keerls steiht, as ahn Pill. Een, wo de Zyklus natürlich löppt, söcht sik en Bagaluut, en Düvelskeerl – De Pillensluuksche een, op den se sik verlaten kann.
Ik finn dat revolutschoonär! Wat schall en Fru maken, de Johr för Johr in de Pillenmatrix leevt hett un nu miteens opwaakt, wiel se de Chemie afsetten deit? Duert se dat, dat dor keen Düvelskeerl in ehr Bett liggt? Oder is dat al wedder so en wetenschoplich Tüünkraam? Ik weet dat nich. Man een Tipp heff ik för de Keerls: Köfft sik dien Oolsch miteens en rodes Kleed – ofschoonst de buntste Farv, de se bit nu dragen hett, hellswart weer – denn pass op! Eisprung, ik hö̈ör di trapsen!

Kiek dor nich hen

Schönheit liggt in't Oog vun den Bekieker, heet dat. Mag ween. Veel lett sik jo vermeiden. Wenn wi mit de Kinner an'n Strand gaht, denn

wöllt se to'n Bispill nich an de Nackedeis vörbi lopen. Mööt wi jo ok nich. De hebbt ehren FKK-Strand, wo se sik tummeln köönt, un de annern köönt woanners liggen. Man, böös warrt dat, wenn du in en Situatschoon kamen deist, wo du nich wegkieken kannst. Dat is mi annerletzt passeert, as ik in de Stadt Middag eten wull. Dor heff ik mi en Buten-Restaurant utsöcht un ünner en Schirm sett, de Sünn weer as dull an't Schienen un de Heven so blau as de Schölers bi ehr Abi-Fete. Vör mi op den Disch stünn en lecker Bütt un en Beer. Jo, dor weer he. De perfekte Momang. Un den wull ik geneten!
Dor güng mien Blick op eenmal na en Naver-disch röver un bleev an de asigsten Footnageln hangen, de je in en Sandaal steken.
Ik dach noch: „Kiek dor nich hen. Kiek dor eenfach nich hen"!
Aver du kennst dat jo. Dat geiht nich. Dat maakt de Grusel-Effekt, dat du henkieken musst, ok wenn du partout nich kieken wullt. So güng mi dat ok.
De schöne Bütt. De harr seker goot smeckt, weer dat keen Sandalenwedder weest.

The time of my life. För mi weer dat de Vörschooltiet. Dat weer de Tiet vun mien groten Erfolge: Slööp binnen to'n Bispeel, oder Plätten backen – dat kunn ik allerbest. Beter as all de annern Kinner un ok beter as Alexander, de doofe Angever. De hett sowieso jümmers Schoh mit Klattversluss hatt, wiel he keen Slööp binnen kunn.
Man wenn wi backt hebbt, denn hebbt wi egentlich nich backt. Dat heet: Wi hebbt den Deeg maakt, utrullt, utstaken, mit bunte Streusel garneert … un denn … opfreten! Dor bleev keen Krömel Deeg över, den wi harrn backen kunnt.

In de Vörschool hebbt wi al neeslang backt un bastelt. Eenmal hebbt wi to Mudderdag en Damplokomotiv mit Anhängers bastelt … ut Mon Cherie. De verpackten, is kloor. De eerst Pralien as Lok hett en Qualmwulk ut Watte baven op kleevt kregen. De annern Waggons hebbt wi achteran kleevt. Ik weet ja nich, wo de Pädagogen de Bastelanleiten för düssen Kassbeerköömpralinentog her hebbt. Dat geev ja noch keen Internet. Aver … Kommunen geev dat un Cannabis, FCKW in't Hoorspray

un Tobakwarven in de Flimmerkist. Dat weren de 70er. Dor hett sik keeneen wunnert över Köömpralinen in de Vörschool. Mien Mudder hett sik över den Mon-Cherie-Tog to Mudderdag freut. Avers se hett sik ja över allens freut, wat wi Kinner ehr schenkt hebbt. Ehrlich freut. Un vun düssen Dag an weer so en Mon Cherie ok för mi de best Pralien vun all. Vörschool weer super, bit op dat Buukkniepen, dat ik faken hatt heff vun dat vele Deegfreten.
In düsse Tieden hett allens klappt, allens weer licht. Mien Leven weer as en gröne Well in'n Stratenverkehr. Man denn keem de Grundschool. Un op eens harr ik blots noch rode Ampeln vör de Nees. Un dat ik so fein Slöpen binnen kunn, du, dat hett mien Mathelehrer nich dull wat interesseert.
Wat ik in de Vörschooltiet ok goot funn, weer de Sesamstraat in de Flimmerkist. De Sennen finn ik ok hüüt noch goot. De is Kult.
Wer? Wie? Was? Der. Die. Das. Wieso? Weshalb? Warum? Wer nicht fragt bleibt dumm.
Fragen sünd dat Heck to de Welt. Fragen sünd cool, heff ik as lütte Deern dacht. Man, denn kreeg ik sülvst Kinner … un heff dat Fragenstellen nich mehr so cool funnen.
De asigst Fragen fangt jümmers liek an un dat schient, dat se harmlos sünd:

Du, Mama … fangt se an. Du, Mama … hest du mal Tiet? Du, Mama … hest du mi tohöört? Oder: Du, Mama … wüllt wi mal …
Düt „Wüllt wi mal“ is en Trick. Dat is egentlich keen echte Fraag. „Wüllt wi mal“ is eenfach blots de höflich Form vun „Maak mal“ … blots as Fraag tarnt. Dorüm kriggst du bi uns in de Familie op so en Fraag jümmers de glieke Anter: „Klei mi an‘n Moors!“
Ik versöök al lang, dat mien Kinner sik düt „Wülltwimal“ fragen afwennen. Man, dat klappt nich so, as ik woll will. Dat kümmt jümmers noch vör. Annerletzt eerst.
„Du, Mama … wüllt wi mal tohoop in’t Swemmbad?“, hett Tina mi fraagt. In de Baadanstalt wull dat Kind mit mi. Un ik heff dacht: Dat is de Oort, in de vele Lüüd mit wenig Kledaasch in’t glieke Water tohoop sitten doot. In welk Baadanstalten gifft dat sogor lütte Holtschuppens, in de Lüüd ganz mit ahn Kledaasche tohoop sweten doot. Ik sweet nich geern. Un överhaupt nich geern sweet ik tohoop oder heff wenig Kleedaasch an tohoop. Un ganz un gar nakig tohoop – dat geiht gor nich! Nakig geiht ok slecht, wenn ik alleen bün. Denn föhl ik mi so …. so … blank. So vörföhrt – wenn ok blots mien egen Ogen! Hest du al mal sehn, wat ik kiek, wenn ik

gaap? Ne? Kannst froh ween, segg ik di. Dat is nich schöön!
Un tohoop baden, finn ik ok doof. Ik baad normalerwies alleen. Villicht baad ik hööchst achteran in dat glieke Water, wat ja ok jichtenswo tohopen is, aver denn, du … op jeden Fall toeerst!
Un dat Woort „Anstalt" höört sik för mi nich lustig an, sünnern krank. So krank as Swemmen in mien Vörschooltiet, as dat noch „Badekappenzwang" geev un ik mien jümmers vergeten heff un an de Swemmbadkass een köpen müss för 50 Penn. So en hellrode, veel to enge Gummikapp, de bi dat Optrecken de Huut vun't Gesicht na achtern weg toog. So asig toog dat Schietding an de Huut, dat de Hooransatt vun de Stirn na achtern in'n Nack rutscht is.
All hebbt se düsse Gummikappen op den Dööts hatt. De Baadgäst hebbt utsehn as hellrode Bojen, de in't Becken drievt. Blots mien Mudder nich. De hett en grönen Turban op den Kopp mit gele Blöten. Mang all de hellroden Bojen weer se dat tropische Blomeneiland in't Meerwaterwellenbad.
Düsse Gedanken, de mi bi de Fraag vun mien Dochter dör den Kopp rattert sünd, hebbt mien Stirn bannig in Folden leggt. In düssen Mo-

mang harr ik en hellrode Gummikapp bruken kunnt … to'n Huutstraffen.
„Ik heff doch noch den Gootschien, de ik bi dat Schoolfest wunnen heff, Mami!".
Mien Dochter hett miene Runzeln akraat düüd un hett denn versöcht, en Affohr aftowennen, noch ehr ik „Ne" seggen kunn.
„Kloor, maakt wi!", geev ik na. Denn welk Mudder kann ehr Kind afslagen, en Gootschien intolösen? So en Gootschien is ja de Bewies, wo düchtig dat Kind is un dat warrt fiert. Is ja kloor. Dat mutt!
„Türlich maak wi dat!", stimm ik noch mal to, ofschoonst ik lever will, dat de Gootschien as Andenken an Tinas Kinnertiet inrahmt un op den Böhn opwohrt warrt, tosamen mit ehr Seepeerdopneiher un den Füllfedderföhrerschien, bit to den Dag, wo se uttrecken deit.
Mi gruut vör düssen Dag. Ne, nich Tinas Uttrecken. De Swemmbaddag. Man, as Mudder, du, dor maakst du Saken – de wöörst du nie un nimmer nich för en Minschen doon. Avers för dien Kind, dor deist du meist allens.
Gauer as mi leev is, kümmt de Dag vun dat Gootschieninlösen. Tina hett em „Hüüt" nöömt.
„Jippie, hüüt geiht dat los!", krakeelt se.
„Hüüt is keen gode Naam för en Dag, wo een

bang för is!“, geev ik noch to bedinken. Avers Tina hööört nich to. Se hett ok al en poor Frünnen inlaadt, dormit ik nich överfordert bün un blots noch as Taxi un Frittenköper mien Deenst doon mutt.
„Denn also af in de Anstalt!“, segg ik un pedd op dat Gaspedal.
An‘n Ingang draapt wi Tinas Frünnen, un jüstemang as ik den Intritt betahlt heff, is mien Deern weg.
„Tschüß, Mami. Veel Spaaß!“, seggt se noch un lett mi stahn.
„Dat kann mi blots recht sien“, tröööst ik mi. „Denn kaam ik villicht dorto dat Book to lesen, dat ik mi inpackt heff.“ Dat is en Krimi: *Tod am Ansaugrohr.*
In de Umkleedekabien dwing ik mien Lief in en Antog ut Spandex. De is swart, hett en groten Beenutsnitt un en Göddel an de Hüft. Düsse Antoog is en lütt beten magisch, denn he maakt, dat ik mi föhl as en Bondgirl. Ik smiet mien natte Hoor na achtern un denn will ik över ‘n Gang flaneren. Aver so richtig stolt is mien Lopen nich. Geiht slecht mit Baadlatschen an de Fööt. Also stolzeer ik nich un loop ok nich … ik laatsch. Twoors heff ik noch nie nich en Bondgirl mit neongröne Baadlatschen sehn. „Avers nüddjanix …“, denk ik

mi, „Lever en PVC-Trenner twüschen de Tehn as Poggenstöhl.“

Ik laatsch also los in Richt Wellnessrebeet un maak liekers op sportlich. Ik treck de Schullern torüch un den Buuk in. Ik kaam vörbi an Kinner, de krakeelt un vun‘n Beckenrand in dat Water jumpt. Vörbi an Delfinswemmer – hoorige Mannspuckels, de sik so as Ungedöme rhytmisch för en Sekunn ut de Floot heevt, blots üm glieks wedder dorbinnen to verswinnen. Vörbi an Övermudders, de mit Kinnerkoor, Bargen vun Speeltüüch un Chips opkrüüzt. Ut Stöhlen un Dischen vun de Anstalt hebbt se Borgen buut, wo se sik achter verbarrikadeert. Vörbi an verslungen Leevslüüd, wo keen mehr utenanner kriggt, welk Deel to welk Lief höört un de Kusstechnik mi an en Vagelmudder denken lett, de ehr Gössel fodert.

As ik bi dat Wellnesrebeet anlangt bün, lees ik düsse Tafel:

Achtung! Solebad! Ruhebereich!

Das Toben, Springen vom Beckenrand und lautes Schreien sind hier untersagt.

Nu heff ik wedder Höpen, dat dat villicht doch noch en entspannt Namiddag warrn kann. Ik kaam rin, un kiek mi üm. De Watermassageplätz al beleggt. Op den eenzig Disch en Toorn

vun Chips un Cola. Spargelbeenig Keerls, de ehre Büük lässig över blöömt Badeshorts dreegt, bekiekt sik de Leevslüüd.
En Butjer krüüzt mien Weg un jumpt direktemang vör mien Nees in dat Water. De Fontään sprütt twee Meter wiet op de Kortüffel-Chips vun de Mudderborg.
„Alexander, nich so wi-hild. Hörste?“, kriescht de Chips.
Ne. Alexander hett, na kloor, nix höört. Sien Kopp is ünner Water un mit sien Fööt paddelt un sprütt he munter wieder. Ik denk dor an, wo dat woll schöön weer, wenn ik mi den Bengel griepen un em de Tafel mit de Regeln ünner de Nees rieven do. Avers wohrschienlich kann he gor nich lesen. Un sien Mudder ok nich. Bi düssen Krach heff ik ok keen Lust to lesen un pack mien Krimi gor nich eerst ut. Ik kiek op de Klock. Mien Dwangsinwiesen in düsse Anstalt duert noch dree Stünnen. Twee Gedanken gaht mi nich ut den Kopp:
Wat maak ik blots so lang? Un wo schafft een dat, dree Stünnen lang den Buuk intotrecken?
Ik gruvel noch, dor warrt jüst een vun de Ünnerwater-Massageplätz frie. Ik bün noch vör Alexander dor, de ok dorop spekuleert hett. Ik grien em an. He swemmt weg. Dat Ent-

spannen kann nu losgahn. Luftblasen stiegt op. Ik pack mien Rüch op den Massageplatz. De Blasen blubbert üm mien Lief rüm … kruupt in mien Antoog … un blaast mien tweefach ünnerleggt Swemmsuit-Bustier sodennig op, dat ik nich mehr sportlich wirken do, sünnern mächtig! Vertwievelt versöök ik de „Luft-Dolly-Buster-Bossen“ torüch to drängen. Ümsünst! Un dor … dor is dat wedder. Düt nakig Geföhl, dat een blots in‘t Swemmbad beleevt. Düt Beluern. De Leevslüüd, de Övermudders un hoorige Delfinswemmer … un ok Alexander. Se all amüseert sik, wo ik mit mien Blobberbossen strieden do.
„Woso? Weshalb? Warüm?“, fraag ik mi in düssen Momang mehr as sünst. Woso mutt dat op Schoolfesten Gootschiens geven? Woför mööt wi swemmen gahn, wenn wi ok Plätten backen köönt? Un worüm heet all de doofen Angevers Alexander?
Ik sett mi op de opwarmt Baadanstaltbank, griep in mien Tasch un haal en Mon Cherie rut.
„Tuuut-Tuuuut“, segg ik un schuuv dorbi de Pralien sachten över de sterilwitten Kacheln.

Puzzlemania

Ik puzzle so geern. Dat enstpannt mi total. Ik kann denn kumplett afschalten un in en anner Welt indükern.

Alleen al, wenn ik de Plastikfolie vun de Packung opriet … denn överkümmt mi so en Geföhl, as wenn ik en Bargstieger weer, de an'n Foot vun so en 8000er steiht un na baven pliert. Jo, wenn mi dat Puzzle röppt, denn mutt ik düssen Roop nakamen. Of ik will oder nich. Denn bün ik Reinhold Messner bi de „Erstbesteigung“ un dat Puzzle is mien Mount Everest. Ik bün de eerst, de de lütten Dele ankiekt. Anröhrt. So lütt un glatt. Mit miene Hannen schüffel ik ehr ut den Karton, laat ehr dör de Fingers lopen. Denn dreih ik all op de farvig Siet un söök de Dele för den Rand. Un heff ik den Rand tosamen, denn bün ik sotoseggen bi de eerst Etappe vun mien Bargtour ankamen. Hach! Wat is dat herrlich. Kloor, dat ik nich all Etappen op eens maken kann un mien lütten Puzzledinger för en Tietlang alleen laten mutt. Stackels, ok! Man, se loopt mi jo nich dorvun. Een mutt jo ok mal inköpen. Oder to Arbeit. Oder slapen. Aver glieks wenn ik opstah, puzzle ik wieder. Waschen is mi egal, Tähnen putzen ok. Un wokeen bruukt al

Fröhstück? Aver mien Familie – de versteiht mi nich. De meent, ik schall mien Puzzle endlich mal vun'n Disch rümen. Se wüllt nich mehr in't Stahn eten. Un överhaupt weer de Disch nich mien alleen und nich blots to'n Spelen dor, un denn ballert se mi de Post dorop un de Wäsch …
Jo sünd ji denn all beschüert? Dat is keen Puzzle, dat is mien 8000er. Mien Mount Everest. Un nu liggt en rosa Slüpper op de eerste Etapp un de GEZ-Reken verbuut mi de Sicht op den Tipp! Segg mal, tickt ji nich richtig? Ik will doch blots entspannen!
E N T S P A N N E N!
Un wenn dat hier nich möglich is, denn nehm ik mien Speel, klatter op den Barg, un puzzel mien Puzzle mit Ruzzle … äh, mit Reinhold!
Reinhold … tööv op mi, ik kaam!
Hollerä-i-ridi-ri-dldu-u-oo!
Hollerä-i-ou-rididi! Juhuhuhui!